Deelungo

AF272592

Varnberger

Auswanderung mit Hindernissen

Roman

Bibliografische Information der Deutschen Bibliothek:
Die Deutsche Bibliothek verzeichnet diese Publikation in der
Deutschen Nationalbibliografie; detaillierte bibliografische
Daten sind im Internet über http://dnb.ddb.de abrufbar.

Herstellung und Verlag: Books on Demand GmbH, Norderstedt

Printet in Germany

ISBN: 978-3-8423-4692-5

Es war ein Donnerstag in der letzten Juniwoche des Jahres 2009. Sebastian Varnberger war zu diesem Zeitpunkt 25 Jahre alt und arbeitete als freiberuflicher Webdesigner. Nach einem Termin in der Nürnberger-Innenstadt, seinem Wohnort, schlenderte er über einen Markt, um in seiner Mittagspause eine Kleinigkeit zu essen. Die Temperaturen, von circa 30 Grad in der Sonne, reduzierten seinen Appetit. Dieser Umstand kam ihm entgegen, denn er wollte sein Gewicht von 82 kg, welches sich über 1,86 m verteilte, auf keinen Fall erhöhen. Bei den Kunden und vielen Frauen macht es keinen guten Eindruck, wenn man erheblich mehr als nötig auf die Waage bringt. Gerade hatte er begonnen eine Bratwurst zu verzehren, als sein Handy sich meldete. Er zog es mit der rechten Hand aus seiner Hosentasche und legte es vor sich auf das Ablagebrett der Imbissbude. An der Nummer erkannte er, dass es eine Neukundin war, die einen Termin in gut zwei Stunden mit ihm vereinbart hatte. Da sich die Möglichkeit bot, Geld zu verdienen, legte er die Bratwurst beiseite, reinigte seine Zähne mit einem Schluck Cola und meldete sich. Sandra Kobermann, sein nächster, für 15 Uhr geplanter Termin, am anderen Ende der Leitung, wollte wissen, ob es ein Problem ist, das Treffen auf einen späteren Zeitpunkt zu verschieben. Sie einigten sich auf 19 Uhr. Sandra legte auf, und er schob den Rest seiner Bratwurst zügig in sich hinein, bis auf ein Stück vom Brötchen, dass er den Tauben auf den Gehweg warf. Anschließend ging Sebastian zum Friseur und ließ sich seine blonden Haare an den Seiten auf 3 mm scheren. Oben auf dem Kopf blieben die Haare länger, weil er es so wünschte. Er wollte einen gepflegten, aber nicht zu braven Eindruck bei Sandra seiner neuen Kundin hinterlassen.

Die Stunden bis zum abendlichen Termin nutzte er, um seine anderen Projekte zu bearbeiten. Das waren nicht sehr viele und keins davon sonderlich lukrativ. Ja die Konkurrenz ist groß unter den Webdesignern und in seiner freien Zeit sann er darüber nach, was es für Alternativen zu seinem jetzigen Job gab. Ein greifbarer Plan B wollte sich jedoch bisher nicht aus seinen geistigen Ergüssen herauskristallisieren.

Pünktlich um 19 Uhr fand er sich an der vereinbarten Adresse, einem nicht sehr großen, aber modernen Eigenheim im Osten Nürnbergs, ein. Es haute ihn fast um, als sich nach seinem Läuten die Tür öffnete. Eine erdbeerblonde sportliche Frau, circa 1,70 m groß, mit hochgesteckten Haaren und braunen Augen stand vor ihm. Ein kurzer roter Bademantel verhüllte ihren Körper, sie trug keine Schuhe und ihre Haare waren teilweise feucht. Mit einem lasziven Lächeln bat sie ihn ins Haus. Ihr folgend dachte er: 'Vorsicht Basti, die wusste doch das du kommst. In dem Aufzug will sie dich entweder verführen oder manipulieren oder beides, damit du ihr einen guten Preis machst, falls du für sie arbeitest.' Dennoch genoss er, den für ihn magischen Anblick der schönen jungen Frau. Sicherheit gab ihm die Tatsache, dass er in seinem Aktenköfferchen vorsorglich immer ein paar Pariser dabei hatte, man weiß ja nie. Sebastian war schließlich auch nur ein Mann und obendrein noch relativ jung. Davon abgesehen füllte er auch wieder die Reihen des gewaltigen Heeres der Singles.

Von seiner Freundin Julia hatte er sich vor sechs Monaten getrennt. Sie waren zuvor knapp drei Jahre zusammen. Gegen Ende ihrer Verbindung wollte sie aber immer öfter an ihm rum erziehen. Sie fing an, ihm mit Nichtigkeiten auf die Nerven zu gehen. Ganz nach dem Motto, tu dies nicht, tu das nicht. Mit dem Rauchen hörte er auf ihren Wunsch hin auf, obwohl er zuvor nur gelegentlich und nie in der Wohnung oder im Auto, Qualm inhaliert hatte. Anderen Wünschen von Julia widersetzte er sich bis zum Schluss ihrer gemeinsamen Zeit standhaft, zum Beispiel lehnte er es ab seine Haare nach ihren Vorstellungen schneiden zu lassen oder Klamotten zu tragen, die ihm nicht gefielen. Es war nicht einfach gewesen für Sebastian, sie zu verlassen, aber sie hatte nun mal dieses Spiel mit ihm begonnen, dass ganz offensichtlich mit seiner Unterwerfung enden sollte und das sie nicht so ohne Weiteres aufgeben wollte. In seinen Gedanken war ihr Bild noch glasklar präsent. Braune schulterlange Haare rahmten Julias ebenmäßiges schmales Gesicht mit den vollen sinnlichen Lippen und den blauen Augen. Ihre breiten Augenbrauen waren naturbelassen. Überhaupt hielt sie nicht viel von Kosmetik und beschränkte diese auf das Nötigste. In ihren Hygieneartikeln befand sich lediglich Haarwäsche, Zahnpasta, Rasierzeug und eine geruchlose Körperwaschlotion, die sie aber nur benutzte, wenn es irgendwelche stärkeren Verunreinigungen zu beseitigen galt. Im Normalfall duschte sie fast ausschließlich mit klarem Wasser. Ihr Body war durch jahrelanges Yogatraining extrem gelenkig. In den letzten Tagen, in denen Sebastian mit Julia zusammen war, spielte er sogar öfter das Szenario gedanklich durch, sich ihrem Willen zu beugen und bei ihr zu bleiben. Irgend so eine Art Urinstinkt, welcher ihm Gefahr signalisierte, ließ ihn aber zu der Überzeugung kommen, dass es besser ist zu gehen. Sicher hätte er versuchen können den Spieß umzudrehen, um die Oberhand für sich in der Beziehung zu erkämpfen. Was dagegen sprach, war die lange Zeit, die er friedlich mit Julia verbracht hatte. Irgendwie missfiel ihm der Gedanke, auf einmal den Macho raushängen lassen zu müssen, um von ihr weiterhin akzeptiert zu werden.

Basti erreichte das Wohnzimmer seiner neuen Kundin, indem er ihr folgte. Auf dem Tisch standen, eine ungeöffnete Flasche Mineralwasser und Gläser. Die beiden setzten sich gegenüber an einen Glasesstisch. »Darf ich Ihnen was einschenken?«, fragte Sandra mit einem freundlichen Gesichtsausdruck. »Im Moment nicht danke! Lassen Sie uns erst die geschäftlichen Sachen regeln!«, gab er zurück. Sebastian griff sich Notizblock und Kugelschreiber aus seinem Aktenkoffer. Seine Blicke wanderten über den Block in Richtung seiner Kundin. Der Tisch hatte eine Milchglasscheibe. Durch diese konnte er diffus erkennen, dass sie ihren Bademantel und ihre Beine geöffnet hatte. Auch oberhalb der Tischplatte zeigte sie noch mehr Haut als zuvor. Er legte eine kleine Kunstpause ein, um sein Gegenüber zu betrachten. Um seine Gedanken wieder auf den Grund seiner Anwesenheit zu konzentrieren, sagte er dann: »Es ist wohl besser, wenn ich auf Ihr Angebot zurückkomme und doch etwas trinke.« Damit nahm er die Flasche, füllte ein Glas und setzt es an den Mund. Nach einem kräftigen Schluck stellte er es wieder auf den Tisch. Im folgenden Gespräch fand er heraus, dass sie einen Massagesalon im Süden Bulgariens, in Varna, nicht weit entfernt vom Schwarzenmeer besaß. Für diesen wollte sie von ihm eine Homepage erstellt haben. »Das passt ja, vor Jahren habe ich mal einen mazedonisch Kurs belegt. Meine Ex-Freundin wollte das Land unbedingt kennenlernen und hat die Sprache gelernt, da habe ich mich beteiligt. Perfekt bin ich zwar nicht, aber der Grundstein ist gelegt«, erklärte Sebastian. Sandra sah ihn erfreut an. »Nach einem Lehrgang haben mir hauptsächlich meine Mitarbeiterinnen Bulgarisch beigebracht und ich ihnen im Gegenzug Deutsch.« Er fragte sie nach Bildern und Angaben zu ihrem Geschäft. Sandra gab ihm die Informationen und schlug vor, dass er wegen der Bilder am besten selbst nach Bulgarien fährt. Die Fotografien, welche sie zur Hand hatte, waren nämlich eher Schnappschüsse, aus denen auch nach intensiver Bildbearbeitung keine werbetauglichen Ansichten geworden wären. Die Gesamtkosten kalkulierte der Webdesigner sehr zu seinem Vorteil. Erstaunt nahm er zur Kenntnis, dass seine Kundin das Angebot sofort akzeptierte. Sein Gewissen plagte ihn sogar ein wenig, während sie den Vertrag unterschrieb, dass er ihr derart viel berechnet hatte, was wohl auch ihrer netten Art zuzuschreiben war. »Lass uns mit einem Glas Sekt darauf anstoßen!«, schlug sie vor, wobei sie sich graziös erhob, ihren Bademantel manierlich schloss und in der Küche verschwand. 'Mir soll es recht sein', überlegte Sebastian, während er Klappergeräusche aus der Küche wahrnahm. 'Der Vertrag ist unterzeichnet und endlich ist mal ein ordentlicher Verdienst in Aussicht, wenn sie obendrein auch noch mit mir poppen will, wäre das mein bester Tag seit Langem', ging es ihm durch den Kopf. Sandra kam mit einem Sektkühler und zwei Gläsern zurück. Während sie die Gefäße füllte, wobei sie sich am Tisch gegenüber Basti stehend nach vorne beugte, kam er auf die Beine, um mit ihr anzustoßen. Ihre Blicke begegneten sich, während sie tranken, und verrieten lüsterne Gedanken hinter vier Augen. Sandra lächelte und sagte: »Ich würde gerne ein bisschen mehr über dich erfahren. Macht es dir was aus, wenn wir uns ein bisschen auf das Sofa setzen oder hast du noch einen Termin?« »Nein, einen Termin habe ich heute nicht mehr und es macht mir überhaupt nichts aus, noch ein wenig zu bleiben!«, antwortete Basti eilig, wobei er ihr Lächeln erwiderte. Das Sofa stand ungefähr vier Meter entfernt, quer vor einer Fensterfront, mit Übergang zur Veranda und Blick in den Garten. Sandra ging mit ihrem Glas in der Hand voraus, er folgte ihr mit dem Sektkühler. Links neben ihr sitzend, tauschten Sebastian und Sandra sich über die wesentlichen Stationen ihres Lebens aus. Sie schmunzelte, als er ihr sagte, dass er seit seiner Trennung von Julia mit keiner Frau mehr zusammen war. Sandra gestand ihm, dass sie ebenfalls schon länger enthaltsam gelebt hatte, wobei sie ihren Blick von ihm abwendete und aus dem Fenster sah. Wenig später wendete sie sich ihm wieder zu und legte ihre linke Hand auf einen seiner Oberschenkel. Schnell folgten den Berührungen Küsse.

Gegen 23 Uhr verabschiedete er sich und trat den Heimweg an, da er am nächsten Morgen sehr zeitig einen Termin in seiner Autowerkstatt wahrnehmen musste. Vor diesem Termin wollte er noch diverse private Utensilien aus dem Fahrzeug in seine Wohnung bringen. Sandra hatte ihm angeboten, wegen der Fotos für die Webseite, in der kommenden Woche zusammen mit ihr nach Bulgarien zu reisen. Ein Vorschlag, der Basti mehr als glücklich machte.

Die Tage bis zum folgenden Mittwoch, inklusive des dazwischen liegenden Wochenendes, nutzte Sebastian, um seine offenen Projekte voranzutreiben. Am Mittwoch, um 7 Uhr morgens, holte ihn sein Wecker aus den Träumen. Nach einem Kaffee und einem Honigbrötchen, bewässerte er seine Zimmerpflanzen noch mal ordentlich, obwohl sie locker ein paar Wochen überstehen konnten, ohne gegossen zu werden. Eine Reisetasche mit Dingen für den persönlichen Bedarf hatte er bereits am Vorabend gepackt. Um 10 Uhr machte Basti sich auf den Weg zum Flughafen. Sandra traf um zwei Minuten vor elf Uhr am Airport ein. Als sie sich begegneten, nahm sie ihn leidenschaftlich in die Arme und küsste ihn. Das erste und letzte Treffen der beiden lag fast eine Woche zurück. Sebastian sagte ihr, wie sehr er sie vermisst hatte, was nicht das kleinste bisschen gelogen war. Auch Sandra gestand ihre ungestillte Sehnsucht nach ihm und schob ihre Hände dabei unter sein T-Shirt.

Der Flieger nach Varna sollte in einer guten Stunde abheben. Nach dem Sicherheitscheck bummelten die beiden noch ein wenig durch die Läden, bevor sie das Fluggerät bestiegen. Ein langer Flug, mit zwei Zwischenstopps, in Düsseldorf und Budapest, lag vor den beiden. Sebastian freute sich trotz allem, auf das, was vor ihm lag. Er hatte sich vorgenommen die Zeit so gut wie möglich zu nutzen, um Sandra an sich zu binden, denn er träumte von einer Zukunft mit ihr. So nutzte er die Gelegenheit, mehr von sich zu erzählen und dezent Informationen über seine Begleiterin zu sammeln. Verblüfft nahm er zur Kenntnis, dass sie BWL studiert hatte. Ihr Alter gab Sandra mit 24 an. »Das ist ja ein Zufall!«, rief Basti erstaunt aus. »Du bist derselbe Jahrgang wie Julia, meine Ex!« Sandra zog daraufhin ein eigenartiges Gesicht. Ihre Unterlippe hatte sie unter die Oberlippe gezogen und die Augen weit geöffnet. Nach ein paar Sekunden sagte sie: »Das ist ja …, in der Tat erstaunlich! Sag mal liebst du sie noch?« »Ich hasse sie nicht, aber lieben kann ich sie irgendwie auch nicht mehr, seitdem sie angefangen hat so extrem rum zu ätzen.« »Aha, verstehe«, meldete sich Sandra wieder. »Und was glaubst du, warum sie das getan hat?« Basti generierte einen hilflosen Blick und zuckte mit den Achseln. »Keine Ahnung, die Julia hat bei schönem Wetter oft sehr lange in der Sonne gesessen und gelegen, weil sie braun werden wollte, möglich, dass ihr das nicht bekommen ist.« Sandra grinste, legte den Kopf zur Seite, sah aus dem Fenster, neben dem sie saß und murmelte: »Das könnte sein.« Dann legte sie ihre rechten Hand auf Sebastians linken Handrücken und sagte: »Ich hatte eine kurze Nacht und brauche etwas Schlaf.« Sie legte ein Nackenhörnchen an und einige Minuten später waren ihre Augen bereits zugefallen. Sebastian war noch zu unruhig, um schlafen zu können. Er bestellte ein kleines Fläschchen Rotwein bei der Stewardess und las in den kostenlosen Zeitschriften aus dem Gepäcknetz am Sitz vor ihm.

In der Dunkelheit der ersten Stunden des neuen Tages, verließen die beiden den Flughafen Varna in Bulgarien, um mit einem Taxi ihr Ziel zu erreichen. Nach einer knappen Dreiviertelstunde Fahrt, durch von künstlichem Licht erhellte Straßen, hielt ihr Fahrzeug vor einem zweistöckigen großen Haus am Stadtrand. Mit seinem Gepäck in der Hand stand Basti, nachdem er ausgestiegen war, vor dem Gebäude und ließ seine Blicke darüber gleiten. Es war ein neuzeitlicher Bau mit weißen Wänden und einem schrägen Dach, dessen wuchtige Balken ein ganzes Stück über standen. Nicht nur das Haus selbst, sondern auch das Grundstück, soweit es in der Dunkelheit erkennbar war, machte einen gepflegten Eindruck. Erst in fast 500 Metern, in Blickrichtung Varna, stand das nächste Anwesen. Sandra hatte die Eingangstür bereits geöffnet und hinderte sie mit ihrem rechten Fuß am zufallen. Sie rief ihren Begleiter, der noch immer mit dem Gepäck in der Hand auf dem Gehweg stand und das Haus betrachtete, zu: »Kommst du? Das kannst du dir später noch alles in Ruhe anschauen!« Sebastian nickte und bewegte sich mit schnellen Schritten auf seine Gastgeberin zu, dann folgte er ihr ins Haus. Auf dem Flug hatte er erfahren, dass eine von den Frauen, welche für Sandra arbeiten, mit im Haus wohnt. Aus diesem Grund verhielten sich die beiden so leise wie möglich, nachdem Basti die Eingangstür hinter sich geschlossen hatte. Er folgte Sandra in ihre Wohnung in der oberen Etage. Dort angekommen sagte sie: »Hier brauchen wir keine Rücksicht nehmen, in der unteren Etage, auf der gegenüberliegenden Seite, kann man uns jetzt nicht mehr hören, wenn wir nicht gerade schreien.« Sie stellten ihr Gepäck im Schlafzimmer ab und begaben sich, nach den nötigsten Vorbereitungen, zur Nachtruhe. Ihr Nachtlager war ein sehr üppig dimensioniertes Bett, dessen Kopfende mit der Wand abschloss. An der Decke über dem Bett war ein mächtiger Spiegel angebracht. Zur linken Seite der Rammelkiste, welche Sandra belegte, befand sich ein großes Schiebefenster. Rechts des Bettes war ein Schrank mit zwei großen Lamellentüren in die Wand eingelassen, sodass dessen Holzfront nur wenige Zentimeter aus der Mauer hervor stand. Sebastian kuschelte sich an Sandra, weil er sie in Fahrt bringen wollte, um noch schnell ein Nümmerchen vor dem schlafen mit ihr zu schieben. Sie sah ihn müde an, gab ihm einen Kuss und flüsterte dann: »Ich bin dafür zu groggy, lass uns erst ausschlafen!« »Ist okay«, sagte Basti leise, streichelte über ihren rechten Oberarm und drehte ihr dann seinen Rücken zu. Sebastian lag noch länger wach, obwohl auch er müde war, denn der Schlaf im Flugzeug stellte keine wirkliche Erholung dar. Doch die Situation, in der er sich befand, die fremde Umgebung und die Frau, die neben ihm lag und über die er nicht sehr viel wusste, sorgte für eine unterschwellige Unruhe bei ihm. In Gedanken versuchte er alles zu erinnern, was sie über sich erzählt hatte, bis er endlich irgendwann einschlief.

Basti öffnete die Augen und fand sich in einem fremden Raum mit einer hohen Zimmerdecke wieder. Er saß in einem Sessel, vor ihm auf dem Schreibtisch, in Fensternähe, stand ein halb volles Whiskyglas. Durch die Fenster, welche weder Gardinen noch Vorhänge besaßen, konnte er den Sternenhimmel erkennen. Mit einem Rundumblick stellte er fest, dass er alleine in dem Zimmer war. Links und rechts an den Wänden erstreckten sich Bücherregale, deren Höhe er auf über 2,50 m schätzte. Er nahm einen Schluck Whisky, wollte sich dann erheben, jedoch hatten seine Beine keine Kraft. Nachdem er sich mit den Armen an den Lehnen des Sessels hochgezogen hatte, ließ er sich wieder zurücksinken, denn er spürte, dass es keinen Sinn hatte, aufstehen zu wollen. 'Wie bin ich hierher gekommen', überlegte er, dabei platzierte er seinen Hinterkopf an die Rückenlehne. Plötzlich hatte er das Gefühl, nicht mehr alleine in dem Raum zu sein. Erneut sah er sich um. Genau über ihm, an der Zimmerdecke, hing eine dunkle Gestalt. Das Wesen hielt sich mit Händen und Füßen, welche es nach hinten gedreht hatte, an der Decke fest. Seine Vorderseite hatte es zu Sebastian gerichtet. Gleich darauf ließ sich die Gestalt von der Decke, genau auf Basti fallen. Als er es auf sich zukommen sah, versuchte er zu schreien, aber es war ein stummer, nach innen gerichteter Schrei, der nicht über seine Lippen kam. Entgegen seiner Erwartungen gab es keinen heftigen

Aufprall. Langsam, sanft und weich landete es auf seinem Schoß, umschlang ihn mit den Armen und sah ihn mit blutunterlaufenen Augen an. Als wenn er beim Kacken im Wald, hinter einem Busch, von einem Pilze suchenden Spaziergänger entdeckt worden wäre, starrte Basti in die Augen der Kreatur und fragte:»Was willst du von mir?« Das Wesen antwortete nicht, sondern begann zu züngeln wie ein Reptil, dabei bemerkte Sebastian, dass es aufgrund der Größe seiner Eckzähne den Mund kaum noch zubekam. Von Panik ergriffen fing er an zu schreien und erwachte.

»Was hast du denn geträumt?«, erkundigte sich Sandra, während sie mit der linken Hand seinen Mund zuhielt, bis er sich beruhigt hatte. »Ähm …, ich …, Sekunde, lass mich erst mal richtig wach werden«, murmelte Sebastian, wobei seine Augen die Umgebung träge fokussierten. Als er sich seiner Situation bewusst wurde und merkte, wie Sandra mit neugierigen Blicken auf eine Antwort von ihm wartete, entschied er sich zu schwindeln.»Ich habe geträumt, dass mich jemand ausrauben wollte«, antwortete er, wobei er seine Arme um sie legte und begann sie zu küssen. Von dem Vampirwesen wollte er ihr nichts erzählen, um sich nicht lächerlich zu machen. Insgeheim dachte er: 'Vielleicht sollte ich mir auch mal wieder andere Filme ansehen.' »Ach sag bloß«, erwiderte sie mit einem hämischen Lächeln.»Was gibt es denn bei dir zu holen? Ich meine, wenn man dir begegnet, hinterlässt du nicht den Eindruck einer üppigen Beute, zumindest nicht, wenn man auf Wertsachen aus ist.« Dann verschloss sie seinen Mund mit ihren Lippen und ließ damit keine Antwort mehr von ihm zu.

»Frühstücken werden wir unten zusammen mit den Mädels«, schlug Sandra vor, während sich die beiden nach einer gemeinsamen Dusche abtrockneten.»Wie viele sind das denn?«, erkundigte sich Sebastian.»Normalerweise müssten 3 im Haus sein«, erhielt er als Antwort. Basti hatte auf sein Nachfragen hin während des Fluges erfahren, dass Sandras Massagesalon kein Puff war. Im aktuellen Angebot des Hauses war keine Art von Sex inbegriffen. Die Kunden waren überwiegend reifere Männer, die schlicht und einfach eine angenehme Massage wollten. Als Sandra und Sebastian unten in der großen, bis dahin menschenleeren Wohnküche ankamen, zeigte die Uhr fünf Minuten nach 8. Entfernt waren die Geräusche fließenden Wassers und kichernde Frauenstimmen wahrzunehmen. »Was bevorzugst du eigentlich zum Frühstück?«, fragte Sandra beiläufig, während sie die Kaffeemaschine für zehn Tassen präparierte. »Honigbrötchen sind oft die erste feste Nahrung des Tages. Rühreier mit Fetakäse mag ich auch sehr gerne, nur meistens ist mir das zu viel Aufwand am frühen Morgen. Sandra warf ihm einen kurzen nachdenklichen Blick zu, dann nahm sie eine große Pfanne von einem der Haken über der zentralen Arbeitsplatte in der Mitte der Küche und stellte sie auf ein Cerankochfeld. Sebastian beschäftigte sich, indem er den großen Esstisch in der Küche für fünf Personen deckte. Noch bevor er ganz fertig war, kamen Sandras Mitarbeiterrinnen zur Tür herein. Sie begaben sich ohne Umweg zur Chefin, um sie freundschaftlich zu begrüßen. Gleich im Anschluss machte Bastis Gastgeberin ihn mit den drei ausgesuchten Schönheiten bekannt. Die blonden Zwillingsschwestern Svetlana und Yelina sowie die schwarzhaarige Liljana begrüßten Basti mit Handschlag, bevor sie am Frühstückstisch Platz nahmen. Die Mitarbeiterinnen von Sandra konnten ein bisschen deutsch, wegen der Kunden und ihrer Chefin. Während des Frühstücks erkundigte sich Sandra, wie es während ihrer Abwesenheit gelaufen war. So wie die Dinge lagen, gab es keinen Grund zur Besorgnis, was zu einer zunehmend ausgelasseneren Stimmung führte. Basti hatte immer mehr den Eindruck, dass Sandra und die Mädels eine Freundschaft verband, bei der das Arbeitsverhältnis nebensächlich war. Unbekümmert erzählten Svetlana und Yelina von ihrer Familie und ihren Freunden. Liljana hatte aktuell keinen Freund und streifte Sebastian mehrmals mit verheißungsvollen Blicken aus ihren geheimnisvollen dunklen Augen. Ihr schwarzes Haar trug sie als Pferdeschwanz und ihre dunkelbraune Haut bildete einen tollen Kontrast zu ihren dunkelroten Lippen, die ihre schneeweißen makellosen Zähne umgaben. Sie hatte wie auch die anderen Frauen einen sportlich schlanken Körper, war aber mit 1,56 m die kleinste von allen. Sebastian spürte, dass sie ihn allen Ernstes anmachen wollte. Sie hatte ihn mehrmals unauffällig mit dem Fuß unter dem Tisch gestreift und auch als er nach der Butter gegriffen hatte, berührte sie seine Hand mehr als notwendig. Basti versuchte Liljana zurückzuhalten, wobei er mit den Augen auf Sandra deutete, die von den Flirtversuchen bis dahin allem Anschein nach nichts mitbekommen hatte. Liljana blinzelte, nickte fast unmerklich und senkte dann ihren Blick auf ihren Teller. Sebastian erzählte im Anschluss über seinen Job und die Möglichkeiten der Werbung im Internet.

Das Aufräumen und den Abwasch hatten Sandra und Sebastian den drei Mädels überlassen, als sie die Küche verließen. Da es ein herrlicher Sommertag war, beschloss Basti sich gleich an die Arbeit zu machen und alles ab zu lichten, was er für wichtig hielt. Ein natürlich blauer Himmel ist nun mal durch nichts zu ersetzen, wenn es darum geht, Bildern eine positive Ausstrahlung zu verleihen. Einen seiner Laptops hatte er mitgenommen und somit war er in der Lage, die Webseite direkt vor Ort ins Netz zu stellen. Allerdings ging er mit der Überzeugung an die Arbeit, den hohen Preis, welchen er mit Sandra vereinbart hatte, nicht dadurch infrage zu stellen, dass er sein Werk zu schnell vollenden würde. Nachdem Sandra ihm alle relevanten Räumlichkeiten gezeigt hatte, sagte sie, dass sie ein paar Besorgungen in der Stadt erledigen muss und erst am späten Nachmittag wieder zurück sein wird.

2

Basti saß im Schatten eines Sonnenschirms auf der Veranda und arbeitete an der Webseite für Sandra. Ein leichter Wind, der ab und an mit seinen Haaren und seinem T-Shirt spielte, sorgte dafür, dass die Hitze erträglich blieb. Um acht Minuten nach 13 Uhr kam Liljana zu ihm auf die Terrasse und fragte ihn, ob er etwas essen möchte. Basti entschied sich für eine Gulaschsuppe mit Brötchen und einen Eistee zum Nachtrinken. Liljana servierte ein paar Minuten später das Gewünschte und leistete ihm Gesellschaft, als er speiste. Sie nahm 90 Grad links von ihm am Tisch Platz. Während er seine Suppe löffelte, schielte er hin und wieder verstohlen zu Liljana. »Weist du«, sagte er, nachdem er auch den letzten Rest seiner Suppe aus dem Gefäß geholt hatte, indem er es schräg stellte. »Aktuell verbindet mich mehr als das rein Geschäftliche mit Sandra. Wie soll ich sagen, wir kennen und zwar noch nicht lange, aber dafür sehr eingehend, in mancher Hinsicht. Es ist nicht so, dass ich dich nicht attraktiv finde, aber ich möchte es mir nicht mit Sandra verscherzen. Ich hoffe du verstehst, was ich meine!« Liljana grinste, setzte sich aufrecht, zog ihr eng anliegendes, kräftig rotes spaghettiträger Kleid glatt, welches gut mit ihren pechschwarzen Haaren harmonierte, leckte sich über die Lippen und erwiderte: »Ich denke schon, aber sie muss ja nichts davon erfahren, dass du scharf auf mich bist Basti!« Nachdem Liljana ausgesprochen hatte, räusperte sich Sebastian, dann bemerkte er: »Ja also, ich würde dich schon gerne, … näher kennenlernen, so wie es aussieht, bin ich hier aber doch wohl nicht der Einzige, der auf jemanden scharf ist, oder sehe ich das falsch?« Liljana schmunzelte. »Sehr gut erfasst, dass gefällt mir! Also bist du nun bereit mich glücklich zu machen oder nicht?« Auf eine derart eindeutige Frage, war Basti nicht vorbereitet und so stammelte er: »Versteh … mich bitte nicht falsch. Du bist wunderschön, aber ich … ...« »Aber ich?«, wiederholte sie seine letzten Worte ungeduldig. »Aber ich brauche etwas Zeit für eine Entscheidung«, antworte er, wobei er sie unentschlossen ansah. Liljana atmete scharf ein, dann sagte sie mit mäßig provokanter Mimik: »Feigling!« Im Anschluss räumte sie den Tisch ab und Sebastian widmete sich wieder seiner Arbeit. Zumindest tat er so, in Wahrheit überschlugen sich die Gedanken in seinem Kopf in Bezug auf Liljanas Angebot. So richtig traute er der ganzen Sache nicht, schließlich war es gut möglich, dass Sandra dahinter steckte, um seine Treue zu testen. Zwar war er ihr genau genommen zu nichts verpflichtet, aber auch sie war nach seinen Maßstäben eine Schönheit. Da er Sandra gerade erst kennengelernt hatte und sie locker drauf war, im Bereich der Liebesspiele, entschloss er sich, nicht auf Liljanas Angebot einzugehen. Nachdem er seine Entscheidung getroffen hatte, konnte er sich endlich wieder auf seine Arbeit konzentrieren.

Die Uhr zeigte 19:37, als Sandra zu Sebastian auf die Veranda kam. Sie gab ihm einen Kuss auf den Mund, setzte sich dann rechts neben ihn an den Tisch. »Wie kommst du voran?«, fragte sie mit neugierigem Blick. »Ach ja es geht ganz gut«, erklärte Basti, wobei er seine Augen auf den Bildschirm heftete. »Wird eine Woche ausreichen, um alles so zu gestalten, wie wir es besprochen haben?«, bohrte Sandra weiter. »Ja, wenn ich durch nichts anderes aufgehalten werde, müsste ich es in einer Woche schaffen. Falls es doch Probleme gibt, kann ich die Webseite ja zu Hause vollenden.« Sandra bedachte ihn mit wohlwollenden Blicken. »Übertreiben musst du es nicht, es reicht aus, wenn du das Projekt zu Hause abschließt. Den Preis haben wir ja fix vereinbart, wenn es länger dauert ist es dein Problem!« Sebastian nickte. »Ja fürs Erste stelle ich die Startseite mit ein paar Grundfunktionen ein, der Rest kommt dann nach und nach. Erreichbar seid ihr dann schon. Für heute ist es aber genug, denke ich.« Damit schaltete er seinen Laptop aus und klappte ihn zu. »Ich könnte jetzt eine Kleinigkeit zu Essen vertragen«, fuhr er fort, wobei er Sandra erwartungsvoll ansah. Sie schmunzelte und entgegnete: »Na du weist doch, wo die Küche ist, wenn du Hunger hast, kannst du dich gerne jederzeit bedienen. Ich gehe mich erst mal frisch machen. In ungefähr 15 Minuten bin ich wieder hier. Wir können dann ja noch ein wenig draußen sitzen und eine Flasche Wein zusammen trinken.« »Das hört sich gut an. Kannst du meinen Laptop mit nach oben nehmen?« Sandra nickte, erhob sich und verschwand mit dem Computer unter dem linken Arm im Haus. Er folgte ihr, bog aber zur Küche ab, in der er zügig ein paar Schnitt-chen zubereitete und auf einen Teller legte, um sie mit nach draußen zu nehmen.

Seinen Hunger hatte er schon gestillt, als Sandra sich zu ihm gesell-te. Es lagen noch zwei mit Schinken belegte Baguettestücke auf dem Teller. In der Mitte des Tisches hatte er eine Kerze, welche er in der Küche gefunden hatte, platziert und entzündet. »Ich hoffe es ist der Richtige!«, sagte er, als er ihr Glas mit Rotwein füllte. »Ja der ist okay, davon bekommt man auch in größeren Mengen keine Kopf-schmerzen«, bestätigte sie seine Wahl. »Was machst du sonst so abends, wenn du hier alleine bist?«, fragte Sebastian, nachdem er mit ihr angestoßen und getrunken hatte. »Na ja, das ist unterschiedlich, manchmal sitze ich mit den Mädels zusammen, je nachdem wie viel Betrieb hier ist oder in den Hochsommermonaten bleibe ich auch bis zur Dämmerung am Strand, wenn mir danach ist und das Wetter passt. Ansonsten lese ich ganz gerne mal ein nettes Buch, ein biss-chen Fernsehen, ein wenig Radio, je nach Lust und Laune. Und wie ist das bei dir?« »So ähnlich wie bei dir, wobei ich mir die Zeit auch öfters mit dem Computer vertreibe. Einen richtigen Strand wie hier, gibt es in Nürnberg leider nicht, wie du ja weißt. Zur Not tut es aber auch das Schwimmbad oder ein Badesee.« Sie legte ihren rechten Arm hinter seinen Rücken und ihren Kopf an seine linke Schulter, dann sagte sie: »Falls wir uns sicher sind, es für länger miteinander versuchen zu wollen, kannst du ja hierher ziehen, dann hast du einen richtigen Strand.« Basti legte seinen linken Arm um Sandra und entgegnete: »Das wäre schon eine schöne Vorstellung, allerdings

14

weiß ich nicht, was ich dann hier machen soll. Bis ich wirklich perfekt Bulgarisch kann, wird es wohl noch dauern, bis dahin sehe ich keine echt guten beruflichen Perspektiven und auf deine Kosten will ich nicht dauerhaft leben.« Sie ließ ihre rechte Hand langsam an seiner rechten Hüfte auf und ab gleiten. »Du könntest die Sprache ernsthaft lernen, das Fundament ist ja vorhanden, bis dahin könntest du was in der Touribranche machen. Wenn wir, die Mädels und ich, dir die Landessprache beibringen, geht das ruck zuck, kannst du glauben. Es kommt auch gar nicht sosehr auf Bulgarisch an, wenn du mit den Touris arbeitest, denn die kommen vorwiegend aus anderen Ländern.« »Also mit Touristen zu arbeiten könnte ich mir irgendwie schon vorstellen. Davon abgesehen müsste der Saisonjob auch ordentlich was abwerfen, damit ich mithilfe der Einnahmen über die Wintermonate komme.« Sandra tätschelte seine rechte Seite. »Nun sieh es mal nicht so pessimistisch. Eine Menge Leute leben hier vom Tourismus, Leute, die nicht soviel im Kopf haben wie du.« Sebastian sah ihr in die Augen, als er sagte: »Ich habe mich gerade entschieden her zu ziehen. Allerdings wird es noch bis September dauern, bevor alle Formalitäten erledigt sind.« Nach einem längeren intensiven Kuss, fuhr er fort: »Eigentlich denke ich schon seit geraumer Zeit über berufliche Alternativen nach. Es ist nicht so, dass mir die Arbeit am Computer keinen Spaß macht, allerdings ist es nicht so easy, im Jahr 2009 Kunden für mein Geschäft zu finden. Viele, die in Betracht kommen, sind bereits angenervt, wenn sie das Wort Webdesigner schon hören. Irgendwie kann ich diese Leute verstehen, wenn ich mir vorstelle, wie viele Internetdienstleister im Laufe der Jahre bei dem einen oder anderen auf der Matte gestanden haben. Dazu kommt die Tatsache, dass es viele brauchbare Tools gibt, mit denen es keine Kunst ist, einfache Webseiten zu erstellen, was für einen einfachen Handwerker durchaus eine praktikable günstige Lösung sein kann. Okay aufwendige Sachen, wie deine Direktterminierung, erfordern deutlich mehr Sachkenntnis, aber die Konkurrenz ist schon enorm. Ich bin wirklich froh, dass du dich an mich gewendet hast. Was hat dich eigentlich dazu bewogen?« Sandra musste grinsen, nahm einen kleinen Schluck aus ihrem Glas. »Dein Knackarsch hat mich dazu bewogen ... Nein, das war nur ein Scherz, es war eine Empfehlung.« Basti sah sie mit großen Augen an und überlegte dabei krampfhaft, welcher seiner

Kunden ihn vermittelt haben könnte. Dann sagte er: »Ich komm nicht drauf, wer so freundlich war. Kannst du mir nicht einen Tipp geben?« Sie zog ihren rechten Arm hinter seinem Rücken vor, hielt ihr Weinglas mit der linken Hand fest und zog mit dem rechten Zeigefinger langsam Kreise auf dem Rand des Glases. Sekunden später sagte sie, ohne vom Glas auf zu sehen: »Es war deine Ex-Freundin Julia, da wart ihr aber noch ein Paar. Zu jener Zeit war ich noch unentschlossen, ob ich wirklich eine Internetseite brauche. Die Julia kenne ich schon lange, wir sind zusammen zur Schule gegangen. In den letzten Jahren haben wir uns nicht mehr so oft gesehen. Als du am ersten Abend in meiner Nürnberger Wohnung warst, habe ich gedacht, dass du schwindelst, was deine Beziehung angeht, um mich leichter rum zu kriegen.« »Du hast also gedacht, dass ich noch mit Julia zusammen bin und bist trotzdem so vor mir rum gelaufen?«, fragte Basti erregt. Sandra lachte. »Na gerade deswegen! In der Schulzeit hat die Julia mir einen Jungen weggeschnappt, auf den ich seinerzeit scharf war. Damals habe ich mir nichts anmerken lassen, wir sind dicke Freundinnen geblieben. An dem Abend, als du das erste Mal bei mir warst, wollte ich sehen, wie ich auf dich wirke und ob eure Beziehung intakt ist. Ich hatte nicht vor, dich mit aller Gewalt zu verführen. Es war mehr ein Spiel. Davon abgesehen hatte sie mir, nicht sehr lange nachdem sie dich kennenlernte, anvertraut, dass du es gut drauf hast, im Bett. Eine Aussage, die meine Neugier seither wach hielt, denn mit Einzelheiten wollte sie nicht rausrücken, obwohl sie an dem Abend schon genauso angeheitert war wie ich.« Basti überlegte einen Moment, ob er fragen sollte, wie Sandra seine Leistungen, nachdem sie ihn live erlebt hatte, persönlich einschätzte. Schnell besann er sich aber, dass das eine Frage ist, die Mann, Frau besser nicht stellt, sondern vorzugsweise anhand ihrer Reaktionen einschätzt. »Warst du enttäuscht, als sich bestätigt hat, dass ich mich zuvor wirklich von Julia getrennt habe? Ich meine eine echte Gelegenheit, die Rachegefühle von damals auszuleben hattest du ja somit nicht mehr.« Sandra legte ihren Kopf wieder auf seine linke Schulter. »Nein«, sagte sie dann leise. »Ehrlich gesagt war ich sogar erleichtert, dass ich eine meiner besten Freundinnen nicht hintergangen hatte. Irgendwie ist es mir sogar lieber, dass du zuvor mit ihr zusammen warst und nicht mit einer anderen. Die Tatsache, dass du mit ihr Schluss gemacht hast und nicht umgekehrt macht dich interessanter für mich, auch wenn sie der Auslöser für deine Entscheidung war. Und ihr Verhalten, … möglicherweise war es an der Zeit, ein Kind mit ihr in die Welt zu setzen.« Sebastian sog die Luft scharf ein. »Ja das kann sein, aber ich wollte eben erst in meinem Job fester im Sattel sitzen. Schließlich übernimmt man ja auch die Verantwortung für ein Kind zu sorgen, wenn man es in die Welt setzt. Es gibt schon einige, die über diesen Aspekt nicht groß nachdenken. Damit sind Probleme oft vorprogrammiert und weder Kinder noch Eltern können ein unbeschwertes Familienleben genießen, wenn das Geld hinten und vorne nicht reicht. Aber wo wir schon beim Thema sind, wie steht es eigentlich mit deinen Kinderwünschen? Ich frage dich, damit wir eine gute Basis für unsere Beziehung haben, die an solchen Dingen nicht scheitern soll!« Sandra lächelte. »Es ist schön, dass du mich danach fragst und mir zu verstehen gibst, dass du die Entscheidung im Prinzip mir überlässt. Ja ich könnte mir schon vorstellen, später mit dir schwanger zu werden. Jetzt ist es dafür aber noch zu früh. Ich finde wir sollten wenigstens ein Jahr gemeinsam Leben und dabei sehen, wie wir den Alltag meistern, bevor wir Nachwuchs in die Welt setzen!« Basti schob sein Glas beiseite und wendete sich ihr zu, um besser mit ihr schmusen zu können. Nach einer Weile zogen sich die beiden ins Haus zurück, um das Spiel im Bett fort zu setzen.

Der Wecker neben Sandras Bett, welcher nicht gestellt war, zeigte elf Minuten nach 8 Uhr des nächsten Morgens, als sie erwachte. Die Sonne stand bereits hoch am Himmel und ihre Strahlen zwängten sich an einigen Stellen an den Vorhängen vorbei, ins Zimmer. Sandra weckte ihn nicht, sondern sah ihn nur ein paar Minuten lang an. Sie beobachtete das gleichmäßige Heben und senken seines Brustkorbes, die geschlossenen Augen und ließ dann ihre Blicke über seinen Körper bis zu seinen Füßen und zurück wandern. Aufgrund der ausgefallenen Klimaanlage und der daraus resultierenden Wärme, hatten beide ohne Decke auf dem breiten Bett geschlafen. Schließlich erhob sie sich, um sich im Bad mit einer Dusche zu erfrischen. Noch während das Wasser auf Sandras Körper nieder prasselte, erwachte Sebastian aus seinem traumlosen Schlaf. Träge scannten seine Augen die Umgebung. Ehe er richtig zu sich kam, betrat Sandra, in ein Handtuch gewickelt, das Schlafzimmer. »Guten

Morgen Schatz«, murmelte er, sich den Restschlaf aus den Augen reibend. Sie erwiderte seinen Gruß und ging zu den Fenstern, um die Vorhänge zu öffnen. Währenddessen schlich er sich von hinten an sie ran, um sie in die Arme zu nehmen und ihren Nacken zu küssen. Nachdem die Vorhänge komplett offen waren, wendete sie sich ihm zu und gab ihm einen ausgedehnten Morgenkuss, der sein Liebesbarometer schlagartig steigen ließ. Sie schmunzelte, schob ihn sanft von sich weg, indem sie beide Hände auf seine Brust legte und sagte: »Nicht so eilig, wir haben noch jede Menge Zeit. Vielleicht solltest du erst mal eine kalte Dusche nehmen. Ich habe beschlossen, mir heute mit dir einen schönen Tag zu machen. An der Webseite kannst du morgen weiterarbeiten.« Ein wenig verhalten nahm er ihren Vorschlag an. Als er unter der Dusche stand, rief sie ihm von der Badtür aus zu: »Ich gehe schon mal nach unten und bereite das Frühstück vor.« »Alles klar«, gab er zurück, bevor er das Wasser wieder aufdrehte.

Zehn Minuten später gesellte er sich, mit T-Shirt und kurzer Hose bekleidet, zu Sandra an den gedeckten Tisch in der Küche der unteren Etage. Schon auf den letzten Metern vor der Küche, kam ihm der Duft von frischem Kaffee entgegen. »Was werden wir heute Schönes machen?«, fragte er ungeduldig, noch während er seine Tasse mit Filterkaffee füllte. Nachdem sie den Bissen runtergeschluckt hatte, welchen sie bei seiner Frage kaute, antwortete sie: »Weil du gestern so vom Strand geschwärmt hast, dachte ich, fahren wir nach dem Frühstück dahin.« »Wow das ist eine absolute Superidee!«, jubelte Sebastian. »Allerdings habe ich keine Badehose dabei.« Sandra lachte. »Mach dir keine Gedanken, das ist kein Problem, ich wollte ohnehin ein Stück abseits mit dir fahren, wo es nicht so überlaufen ist. Unterwegs können wir eine Badehose für dich kaufen oder besser zwei, damit du wechseln kannst, wenn du aus dem Wasser kommst.

Es war fast Mittag, als Sandra ihren Kombi auf einem kleinen unbefestigten Parkplatz, in circa 50 m Entfernung vom Ufer zum Stehen brachte. Auf Sandras anraten hin, führten sie ein Sonnenschutzzelt mit sich, da sie vor hatten länger zu bleiben und Basti sich ohne dieses Zelt wohl früher oder später das Fell verbrennen würde, weil er die starke UV-Strahlung nicht gewöhnt war. Für das leibliche Wohl waren sie mit einer gut gefüllten Kühlbox ausgerüstet. Im Umkreis von mehr als hundert Metern zu ihrem Platz, waren sie die einzigen Badegäste. Rasch hatte Sebastian das tiefblaue Zelt aufgestellt und die Kühlbox darinnen verstaut. Nach einem ausgiebigen Bad, suchten sie, im zum Meer hin offenen Zelt, Schutz vor der starken Sonnenstrahlung. Mit Prosecco, den sie abwechselnd aus einer Flasche tranken, spülten sie sich die Reste vom Salzwasser aus dem Mund. Beide lagen nebeneinander auf dem Bauch mit Blickrichtung zum Wasser. Basti begann, ihren Rücken zu streicheln. Sie reflektierte sein Verlangen und kurze Zeit später, schlossen sie ihr Zelt, um sich im Inneren der Hülle aus imprägniertem Stoff, das Maximum an Nähe zwischen zwei Menschen zu geben.

Erschöpft rafften sie den Stoff des Zeltes, der den Eingang verschloss eine gute Stunde später wieder hoch, um freie Sicht auf das Meer und frische Luft zu bekommen. Sie erzählten sich Geschichten aus ihrem Leben, wobei sie ab und an einen Schluck aus der Flasche nahmen. Als Sandra merkte, dass Sebastian offensichtlich ein Nickerchen nötig hatte, ermutigte sie ihn zu schlafen, denn sie hoffte, dass er nochmal zu Kräften kommt, bevor der Tag Geschichte ist. Nachdem sich seine Augen geschlossen hatten, gab sie sich Tagträumen hin ohne dabei einzuschlafen. Es war ein leichter Wind aufgekommen, welcher in unregelmäßigen Abständen abflaute, um sich früher oder später erneut zu erheben.

3

Die kommenden Tage kümmerte sich Sebastian hauptsächlich um seinen Auftrag, Sandras Webseite, aber auch um die Chefin selber. Die Erlebnisse mit Sandra beflügelten seinen Eifer und seine Kreativität. Am Freitagabend der Folgewoche, hatte er das Projekt komplett fertiggestellt. Für den Samstag lag sein Rückflugticket nach Nürnberg bereit. Die Rückreise musste er alleine antreten, denn Sandra hatte in Varna zu tun. Als er in den Abendstunden den Flughafen verließ, um nach einem Taxi Ausschau zu halten, machten sich bereits Entzugserscheinungen bezüglich Sandra bei ihm bemerkbar. Nach fast einer Stunde stand er mit dem Gepäck in seiner Wohnung. Er ließ seine Reisetasche im Flur auf den Boden sinken und hörte den Anrufbeantworter ab, während er seine Schuhe auszog. Mit einer Flasche Bier aus dem Kühlschrank, ließ er sich im Wohnzimmer auf dem Sofa nieder. Still und leer, kam ihm seine ordentlich gepflegte Wohnung vor, mehr, als wenn er in der Zeit vor seinem Bulgarienaufenthalt nach Hause gekommen war. Schließlich schaltete er den Fernseher ein und ließ ihn nebenbei laufen, während er seine Zimmerpflanzen mit Wasser versorgte. Nachdem er sein Bier ausgetrunken hatte, bereitete er sich zur Nachtruhe vor.

Am nächsten Morgen erwachte Basti um 7 Minuten nach halb acht. Auch in Nürnberg war Sommer und das kräftige Blau des Himmels deutete auf einen herrlichen Tag hin. Jedoch würde er keine Zeit haben, den ganzen Tag mit baden zu verbringen. Er hatte sich entschlossen alles auf eine Karte zu setzen und sein Leben in Nürnberg, zugunsten eines Lebens in Varna, auf zu geben. Dass Beziehungen auch scheitern können wusste er aus eigener schmerzlicher Erfahrung. Dennoch würde es eine derartige Gelegenheit in seinem Leben vermutlich niemals wieder geben. Der Gedanke ins Ausland zu gehen war ihm zuvor auch schon gekommen, wenn auch nicht gerade nach Bulgarien. Aber ganz alleine ist so ein Unterfangen nicht wirklich einfach, selbst dann nicht, wenn man noch jung ist. Sebastian war festen Willens und für den Fall, dass es doch schief gehen sollte, könnte er ja auch wieder nach Deutschland zurück kehren.

Tags darauf begann Basti, alles in die Wege zu leiten. Er organisierte eine Haushaltsauflösung per Anzeige in einer lokalen Zeitung, dann brachte er die behördlichen Angelegenheiten hinter sich. Priorität legte er auf die Bulgarische 5 Jahres Aufenthaltsgenehmigung für EU Bürger, deren Bearbeitung in der Regel 4 Wochen in Anspruch nimmt. Vom Timing her lief alles recht gut, bereits nach zwei Wochen war seine Wohnung bis auf einen kleinen Gartentisch, einen Stuhl und ein Campingbett ausgeräumt. Zugute kam ihm dabei der Umstand, dass er sich bei seiner Trennung von Julia und dem Auszug aus ihrer gemeinsamen Wohnung, den Hausrat mit ihr geteilt hatte. In dem überdimensionalen Koffer, den er neben einer Reisetasche mitnehmen würde, befanden sich ein paar Computerbücher, verschiedene Soft- und Hardware, eine Digitalkamera sowie persönliche Sachen. Feste familiäre Bindungen gab es bei ihm nicht. Sein Vater hatte seine Mutter verlassen, als er 14 war. Von da an überwies er Unterhaltszahlungen auf das Konto von Bastis Mutter. In den Jahren bis Sebastian 16 wurde, besuchte ihn sein Vater öfters, dann kam er bei einem Autounfall ums Leben. Seine Mutter fand einen anderen Mann, mit ihr trat er nur noch selten in Kontakt, nachdem er aus dem Haus war. Als er sie aufsuchte, um ihr mit zu teilen, dass er nach Bulgarien gehen wird, weil er dort zu leben gedenkt, beglückwünschte sie ihn zu seiner Entscheidung. »Eigentlich würde ich auch gerne mal woanders leben. Nur jetzt ist es zu spät für mich, um in einem anderen Land von vorne an zu fangen. So eine Entscheidung trifft man, wenn man jung ist und nicht mit 49, oder genügend Geld hat, um nicht nach einem Job suchen zu müssen«, vertrat sie ihre Meinung ihm gegenüber.

Die restlichen Tage in Nürnberg bis zu seiner Abreise nutze er, um sich von seinen Freunden zu verabschieden. Was mehrfach mit einem feuchtfröhlichen Abend endete. Da er in geselliger Runde auch öfters wehmütige Blicke spürte, als er von seiner Zukunft erzählte, ging er nicht allzu sehr ins Detail, bezüglich der Frage, wie optimal er es getroffen hatte. Mit Sandra war er durch häufige Telefonate und per E-Mail in Kontakt geblieben.

Es war Dienstag in der ersten Septemberwoche und die Sonne stand nicht mehr sehr hoch, als Sebastian an der Tür von Sandras Massagesalon in Varna läutete. Die Temperaturen lagen noch weit über zwanzig Grad, weshalb Basti in sommerlichem Outfit angereist war. Sandra öffnete ihm, da sie wusste, wann er erscheinen würde. »Hi Basti, komm rein«, begrüßte sie ihn, um ihm gleich anschließend um den Hals zu fallen. Nachdem er seine Sachen nach oben gebracht und sich erfrischt hatte, setzten sie ihre Begrüßung auf dem großen Sofa in Sandras Wohnung fort. Anschließend lagen sie mit glücklichen Gesichtern ruhig nebeneinander auf der Couch. Beiläufig erkundigte sich Basti: »Gibt es schon Neuigkeiten im Hinblick auf eine Beschäftigung für mich?« Sie strich ihm mit der linken Hand durchs Haar und antwortete: »Bis jetzt habe ich noch nichts Konkretes. Ich denke auch es wäre besser, wenn die Impulse von dir kommen würden, schließlich ist es durch nichts zu ersetzen, wenn man einen Job hat, der einem wirklich Spaß macht. Morgen werden wir uns im Hafen umsehen, vielleicht entdecken wir was, das dich inspiriert. Ich hatte auch darüber nachgedacht, eine Bar zu eröffnen, die du übernehmen könntest, das Angebot in dem Bereich ist aber übersättigt. Dazu kommt, dass viele Touristen mittlerweile Allinklusive buchen, was dazu geführt hat, dass zahlreiche Bar- und Restaurantbesitzer ums geschäftliche Überleben kämpfen.« Sebastian küsste sie auf die linke Wange, dann setzte er ein freudiges Grinsen auf. »Ich finde es toll, dass du es so locker siehst, ohne mich zu drängen.« Sie legte ihre linke Hand auf seine linke Schulter und massierte ihn, während sie sagte: »Ich plane unsere Zukunft eben langfristig. Auf einen Mann, der ständig schlecht drauf ist, weil sein Job ihn nicht glücklich macht, habe ich keinen Bock!«

Am frühen Vormittag des nächsten Tages liefen Sandra und Sebastian Hand in Hand durch den Hafen und sammelten Eindrücke von der Umgebung, den Booten, die im Wasser vor sich hin dümpelten und den kleinen Geschäftsleuten, deren Erwerbsquelle der Tourismus war. Nach anderthalb Stunden gönnten sie sich eine Pause und nahmen in einem Straßencafé Platz. »Und, was meinst du?. Wäre es was für dich, mit den Touristen Geld zu verdienen, mit einem Souvenirstand oder etwas in der Richtung?«, fragte Sandra ihn mit erwartungsvoller Miene, wobei sie ihren Kaffee langsam umrührte.

»Mit einem Souvenirstand eher nicht. Ich denke auch, dass dabei nicht viel zu holen ist, dafür gibt es zu viele Gelegenheiten für die Touris, sich mit solchen Dingen zu versorgen. Als Tourguide würde ich mich schon eher sehen, also für die, welche Deutsch oder Englisch sprechen. Mit den Sehenswürdigkeiten könnte ich mich bis zur nächsten Saison vertraut machen. Zum Einstand könnte ich es schon mal bei den Nachsaisonurlaubern versuchen. Das sind oft die älteren Jahrgänge, die froh darüber sind, wenn ihnen jemand behilflich ist.« »Ja eine Entscheidung in diese Richtung hatte ich erwartet. Wenn wir ausgetrunken haben, können wir gleich die interessantesten Ziele ansteuern und uns mit Infomaterial versorgen.«

In den frühen Abendstunden kamen die beiden von ihrer Tour zurück. Es herrschte Ruhe im Haus, als sie die Tür hinter sich schlossen. Liljana fanden sie in der Küche der unteren Etage mit einem Buch sitzend. Nachdem sie sich mit einem lässigen: »Hi wie geht's?«, begrüßt hatten, klärte sie Sandra auf, dass Svetlana und Yelina aufs Land gefahren sind, weil sie ihre Mutter telefonisch darum gebeten hatte. Dem Vater der Zwillingsschwestern ging es schon seit Längerem sehr schlecht und nun stand anscheinend seine große Reise kurz bevor. Ein Lebergeschwür, das ihm schon lange zu schaffen machte, ließ sich nicht mehr kontrollieren. »Verstehe«, sagte Sandra leise und sah dabei an Liljana vorbei aus dem Fenster. Nach einer Schweigeminute sagte sie ihrer Mitarbeiterin, dass sie sich bei ihr melden soll, falls unerwartet mehrere Kunden auftauchen sollten.

Als es sich Basti und Sandra auf dem großen Balkon ihrer Wohnung in der oberen Etage mit einem Glas Wein gemütlich gemacht hatten, meinte Basti: »Ich nehme aufgrund deiner Reaktion vorhin an, dass du den Vater von Svetlana und Yelina näher kennst.« Sie nickte, stellte ihr Glas auf den Tisch, wischte sich mit dem rechten Zeigefinger eine Träne aus dem rechten Auge und begann: »Er war einer meiner ersten Kunden, nachdem ich den Salon hier eröffnet hatte. Seine Töchter kannte ich zu diesem Zeitpunkt noch nicht. Ich denke es war das dritte oder vierte Mal, dass er sich von mir massieren ließ, als er mich fragte, ob ich einen Job für seine Töchter hätte. Ivo, so heißt er, betonte, dass er mich nur deswegen darauf ansprach, weil er mein Haus und meinen Service als seriös einstufte. Ich sagte ihm, dass wir es gerne mal zusammen probieren können. Er war der Meinung, dass es mit Sicherheit kein Nachteil ist, wenn eine Frau sich mit dem Massieren auskennt. Eine Zukunft auf dem Bauernhof wollte Ivo den beiden ersparen. Die Vorstellung, dass seine Mädels in zwanzig Jahren Spuren der harten Arbeit in Form von Schwielen an den Händen, Krampfadern an den Beinen und ledriger Gesichtshaut bekommen würden, raubte ihm die Ruhe. So trug er sich schon lange mit der Hoffnung, dass seine Töchter hier in der Stadt passende Männer finden würden. Damit sie aber immer die Option, notfalls für sich selbst zu sorgen besäßen, sollten sie lernen, ihren Unterhalt alleine zu bestreiten. Damit könnten sie auch ihren Männern in spe vermitteln, dass sie nicht wirklich von ihnen abhängig sind, selbst wenn sie Hausfrauen werden sollten. Kurz und gut, seine Töchter haben es nicht bereut und ich auch nicht, dass wir uns begegnet sind, was wir Ivo zu verdanken haben. Nachdem Svetlana und Yelina hier angefangen hatten,« ist er auch noch öfters her gekommen. Massiert werden, wollte er aber ausschließlich von mir. Eines Tages haben seine Leberbeschwerden angefangen. Ein Arzt aus der Stadt hat ihn darüber aufgeklärt, dass es eine ziemlich komplizierte Sache ist und noch dazu weit fortgeschritten. Ivo ist jetzt Anfang 50 und allem Anschein nach, wird er wohl auch nicht viel älter werden. Sein Wunsch bezüglich seiner Töchter hat sich erfüllt. Sie haben zwei nette ordentliche Typen kennengelernt. Die sind zwar nicht superreich, haben aber beide einen Job, von dem sie ohne große Sorgen leben können. Obendrein sind sie jung und attraktiv. So ein Leben ist mit Sicherheit besser, als sich mit einem alten Mann einzulassen, der sie aushält.« »Sehr interessant und wie bist du mit Liljana zusammen gekommen?« »Du willst wissen, ob sie auch von ihrem Vater oder so vermittelt wurde. Nein bei ihr war es anders. Als das Geschäft einigermaßen gelaufen ist, habe ich eine Stellenanzeige aufgegeben und mich dann für Liljana entschieden. Sie hat zwar nur einen einfachen Schulabschluss, ist aber aufgeweckt und oft ausgelassen fröhlich. Das ist vorteilhaft für das Geschäft hier. Die meisten wollen keine Atmosphäre wie in einer Leichenhalle, wenn sie sich bei uns entspannen. Viele sind durchaus redselig. Es hat schon was Persönliches, wenn die Männer von ihren Familien erzählen und auch von ihren Beziehungsproblemen. Das erfordert Vertrauen und das vermitteln die Mädels perfekt, ich übrigens auch!«

»Wenn ich das richtig verstanden habe, ist es für diverse Kunden hier so eine Art Ersatz für den Beichtstuhl«, erkundigte sich Sebastian. Sandra lachte. »Nicht ganz, denn schließlich unterliegen wir nicht der Schweigepflicht. Im entfernten Sinn könnte man es aber durchaus so sehen. Willst du jetzt eine Beichte ablegen?«, fragte sie, wobei sie Basti mit einem sehr liebreizenden Augenaufschlag ansah. Sebastian nahm, etwas irritiert, einen ordentlichen Schluck aus seinem Glas. »Ich bin mir nicht ganz sicher. Aber wenn du schon fragst, will ich es einmal probieren. Schon manchmal, wenn ich in stillen Momenten über mein Leben nachgedacht habe, bin ich in Zweifel geraten, was das alles bedeutet. Ich meine die Tatsache meiner Existenz und der Existenz des Lebens an sich. Dann drängt sich mir die Frage auf, warum ich so scharf auf Sex bin. Ich meine ja klar, der Spaß den man dabei hat und der Orgasmus sind schon wichtige Gründe. Warum gibt es aber überhaupt einen Orgasmus, nur als Belohnung für die körperliche Anstrengung oder als Belohnung dafür, dass man versucht hat, seinen Körper im Rahmen der Möglichkeiten zu transformieren? Offensichtlich muss der Schöpfer wohl Bedenken gehabt haben, dass der Kinderwunsch ohne Orgasmus nicht reicht, um die Art zu erhalten. Ich spreche da nicht nur von Menschen, sondern auch von anderen höher entwickelten Lebewesen, deren geistige Fähigkeiten je nach Lebensumständen, nicht zwangsläufig einen Vorteil in der Vermehrung zu erkennen vermögen.« Sandra schüttelte ihren Kopf und lachte in sich hinein. Dann sagte sie: »Eine richtige Beichte war das jetzt nicht. Eher schon ein Hinweis bezüglich einer Sinnsuche des Lebens. Einer Sinnsuche, welcher sich viele Menschen früher oder später hingeben oder hingegeben haben. In sehr vielen Fällen führt das Grübeln aber zu nichts, außer Kopfweh und Zweifeln. Mach es dir nicht selber unnötig schwer, indem du dir über Sachen den Kopf zerbrichst, die der Mensch bis jetzt noch nicht versteht. Genieße einfach das, was am Leben Spaß macht und den Rest vergiss so schnell wie möglich!« »Wenn alle so denken würden wie du, würden wir sicher noch in einer Höhle hocken«, entrüstete sich Sebastian. Sandra sah ihn zustimmend an. »Du hast schon Recht, es ist nicht verkehrt, wenn man sich auch mit komplizierten Fragen beschäftigt. Ich möchte nur nicht, dass du depressiv wirst oder vom vielen Nachdenken einen Schuss in der Birne bekommst!« Basti stockte der

Atem, gekränkt sprang er von seinem Platz auf und stellte sich provozierend vor Sandra. Die hatte in einem Reflex, die Arme vor ihrem Gesicht in eine Abwehrhaltung gebracht. »Du hältst mich also für blöd?«, zischte er, wobei seine Augen angriffslustig funkelten. Sie sah ihm unerschrocken in die Augen, dann fragte sie ihn mit fester Stimme: »Willst du mich etwa schlagen? Ich steh nicht auf die harte Tour, hatte ich das noch nicht erwähnt? Davon abgesehen sind Schläge, in meinen Augen, die Argumente der Dummen!« Sebastian atmete tief durch, dann sah er an sich hinab und wurde sich seiner Situation bewusst. »Es tut mir Leid, wenn ich dich erschreckt habe, das war nicht meine Absicht! Warum provozierst du mich aber auch so?«, gab er leise von sich, wobei er wieder seinen Platz einnahm. »Hmm, ... ich hab mich wohl etwas ungeschickt ausgedrückt«, gab Sandra zu bedenken. »Du kannst mir ruhig glauben, dass ich es nur gut mit dir meine! An solchen Fragen, wie du sie dir stellst, haben sich schon viele vor dir die Zähne ausgebissen. Es hört sich garantiert nach Klischee an, aber den "verrückten Professor" gibt es wirklich und ich möchte nicht, dass du so endest, mit zerrauften Haaren und wirrem Blick, apathisch in einer Ecke sitzend.« Basti spürte, wie sich Feuchtigkeit in seinen Augen sammelte, bei ihren liebevollen Worten. 'Was bin ich für ein Idiot, so aggressiv zu reagieren', ging es ihm durch den Kopf, während er sich erneut von seinem Platz erhob, um seiner neuen Flamme zur Versöhnung einen leidenschaftlichen Kuss zu geben. Er stand vor ihr und stützte seine Hände auf der Rückenlehne der Rattancouch ab, als er ihre Lippen mit den Seinen berührte.

Den Rest der Woche nutzte Sebastian, um sich auf sein Tourangebot vor zu bereiten. Da er einen professionellen Auftritt plante, auf dass ihn seine Kundschaft untereinander weiter empfehlen würde, lernte er diverse historische und aktuelle Fakten sorgsam auswendig.

4

Am Montag der folgenden Woche sollte es zur Sache gehen. Mit einem selbst gestalteten Plakat, auf dem er seine Dienstleistung feilbot, postierte sich Basti, um 9 Uhr vormittags am Strand, in Sichtweite der großen Hotels in Ufernähe. Neben seinem Klappstuhl mit Armlehnen, der aus einer Konstruktion von Aluminiumrohren bestand, welche dem Stoff von Sitz und Lehne halt gaben, präsentierte er seine Werbung mit der Aufschrift "Sightseeing-Tour Deutsch/Englisch". Das Plakat wurde durch zwei Leichtmetallrohre gehalten, die er in den Sandboden gedrückt hatte. Die Stunden vergingen, aber niemand zeigte ernstliches Interesse. In größeren Abständen wurde er angesprochen, hauptsächlich von älteren Personen. Die Alten informierten sich, auf dass ihnen kein günstiges Angebot durch die Lappen ging und sie ein neues Gesprächsthema fanden. Die jüngeren waren mehr auf Aktion aus. Wirklich wahrnehmen, wollte Sebastians Angebot jedoch niemand an diesem Tag. Das lag auch daran, dass etliche seiner Gesprächspartner nicht zum ersten Mal in Varna Urlaubstage verbrachten und im Laufe der Zeit schon einiges besichtigt hatten.

Am folgenden Tag nahm Basti seinen Platz aufs Neue ein. Gleich nach dem Frühstück, hatte er, sowie am Montag, ein paar Flyer gedruckt, um sie Neugierigen in die Hand zu geben, damit sie in Ruhe über sein Angebot entscheiden könnten. Es dauerte mehr als eine Stunde, bevor er angesprochen wurde. Melanie, eine junge Frau von durchschnittlicher Schönheit, mit nicht ganz perfekt gleichförmigen Zähnen, weiblicher Figur und dunkelrot gefärbten kinnlangen Haaren, stellte sich vor. Sie erklärte, dass sie eine Medizinstudentin aus Deutschland und dort in Braunschweig aufgewachsen sei. In der Hoffnung auf mehr Teilnehmer für seine erste Tour, erkundigte sich Sebastian, ob sie ihren Urlaub alleine oder in Begleitung verbringt. Melanie gab an, ohne Begleitung auf Reisen gegangen zu sein. Deutsche Urlauber in ihrem Alter waren ihr bisher nicht begegnet, nur diverse ältere Erholungsuchende, die sich auf Deutsch, im Speisesaal des Hotels, zu den Essenszeiten unterhielten. Mit den Alten wollte sich Melanie aber nicht einlassen, da sie befürchtete, diese den Rest des Urlaubs sonst nicht mehr los zu werden. 'Na was solls, zum Üben reicht sie erst mal', dachte Sebastian. Melanie versprach ihm, in ca. 45 Minuten reisefertig bei ihm zu erscheinen, wendete sich ab und entfernte sich. In der Zeit, welche er damit verbrachte auf seine erste Kundin zu warten, überlegte er sich neue Werbestrategien für seine Tätigkeit.

Gedankenverloren blickte er auf das Meer, als ihm jemand von hinten auf die rechte Schulter tippte. Er drehte sich um und erblickte seine Kundin. »Können wir starten?«, fragte Sebastian, um auf Nummer sicher zu gehen. »Ja können wir!«, antwortete Melanie heiter. »Ich hoffe, Sie interessieren sich außer für Medizin, auch für die historische Entwicklung von Varna, denn gegenwärtig biete ich nur diese Tour an!« »Aber ja!«, ermutigte sie ihn. »Ich habe den Text auf Ihrem Flyer, auf dem Weg zu meiner Unterkunft studiert.« »Gut, dann wollen wir keine Zeit verlieren.« Mit ein paar Handgriffen räumte er seine Utensilien zusammen und klemmte sie unter seinen linken Arm. Auf dem Weg zu Bastis Fahrzeug, klärte ihn Melanie darüber auf, dass sie beabsichtigt, sich bei der medizinischen Universität in Varna nach der Möglichkeit zu erkundigen, eine Zeit lang im Austausch zu lernen.

Er begann seine Führung am archäologischen Museum, wobei er die Anfänge der Besiedlung dieser Gegend, in der Kupfersteinzeit im 5. Jahrtausend v. Chr., als Ausgangspunkt wählte. Seine Geschichte führte er fort, von der ersten Erwähnung der Stadt durch griechische Siedler aus Milet im 7 Jahrhundert v. Chr., über die Zeit unter den Römern ab 100 v. Chr., bis in die heutige Zeit. Im Anschluss besuchte Sebastian mit seinem Gast die Gottesmutterkathedrale, wegen der berühmten Wandmalereien und Schnitzereien im Inneren des Gebäudes sowie das Volkskundemuseum und die Überreste der römischen und byzantinischen Thermen. Nachdem er mit seinen Ausführungen geendet hatte, erkundigte er sich, ob seine Kundin noch weitere Sehenswürdigkeiten in Augenschein nehmen will. »Für heute reicht es«, sagte Melanie entschlossen aber freundlich.

Als er seine Kundin wieder vor ihrem Hotel abgesetzt hatte, fragte ihn Melanie, ob er nicht Lust auf ein gemeinsames Abendessen hätte. »Im Prinzip ja, aber ich muss erst mit meiner Partnerin darüber sprechen«, erwiderte Sebastian, sichtlich erfreut über dieses Angebot. Nachdem er die Handynummern mit Melanie getauscht hatte, verabschiedete er sich endgültig von ihr.

Ein Blick auf seine Uhr sagte Basti, dass es bereits zu spät für eine weitere Führung war. So setzte er sich in seinen Ford Fokus, der eigentlich Sandra gehörte, und trat den Heimweg an. Vier Minuten nach 17 Uhr war er wieder zu Hause. Eine kleine rote Lampe neben der Klingel signalisierte ihm, dass er sich selbst Zutritt verschaffen sollte, weil die Damen des Hauses beschäftigt waren.

Mit einem Glas Sekt in der Hand nahm er auf der Terrasse Platz und trank auf seine ersten Einnahmen in Bulgarien, wobei er auf Sandra wartete. Da er zuvor in die Terminliste gesehen hatte, wusste Basti, das seine neue Liebe noch eine gute halbe Stunde beschäftigt sein würde, bevor sie sich ihm widmen konnte. Während er wartete, ließ er seine Führung zuvor nochmal gedanklich Revue passieren und überlegte dabei, wo er geschwächelt hatte, um es in Zukunft besser zu machen.

»Na da ist ja mein Geschichtsmeister wieder. Und wie ist es gelaufen?«, begrüßte ihn Sandra schon von Weitem eine Dreiviertelstunde später. Basti musste schmunzeln. »Setz dich doch erst mal, dann erzähle ich es dir!«

»Für den Anfang war das doch schon ganz ordentlich!«, würdigte sie ihn, nachdem er mit seiner Erzählung geendet hatte und fuhr fort: »Heute ist es ungünstig für mich, mit ihr essen zu gehen, weil ich nachher noch einen Kunden habe. Du kannst aber für morgen Abend um 20 Uhr einen Termin mit Melanie planen, da halte ich mir den Rücken frei und am Tag darauf kann ich außerdem ausschlafen. Bist du sicher, dass sie nicht mehr von dir will?« Sebastian rieb sich mit der rechten Hand am Hals, als er Sandra ansah. »Ich bin ein bisschen unsicher, was deine Frage betrifft, aber schließlich gehören ja immer noch zwei dazu. Davon abgesehen wirst du an meiner Seite sein und mich notfalls beschützen, falls es nötig sein sollte, was ich nicht hoffe.« Sandra lächelte ihn an. »Da hat wohl jemand Angst? Aber mach dir keine Sorgen mein Schatz, ich werde schon aufpassen, dass dir niemand an die Wäsche geht!«

Die Uhr an Bastis linkem Handgelenk zeigte zehn Minuten vor 20 Uhr am Mittwochabend, als er zusammen mit Sandra aus einem Taxi ausstieg. In weniger als fünf Minuten erreichten sie den Eingang zum Hotelrestaurant. Er trug einen dünnen beigen Sommeranzug mit zartblauem T-Shirt unter dem Sakko und hellbraune flache Lederschuhe ohne Socken. Seine Begleiterin verhüllte ihren Körper mit einem knielangen dunkelblauen Kleid und einer dazu passenden Stola. Mit den Augen suchten die beiden die Tische ergebnislos nach Melanie ab. Als sie sich umdrehten und ihre Blicke den Eingangsbereich kreuzten, sahen sie ihre Verabredung durch die großen Glasscheiben der Eingangshalle auf einem Fußweg näher kommen.

Es war zwei Minuten nach 20 Uhr, als sie sich freundlich, aber förmlich begrüßten. Melanie erklärte, dass sie sich in Erwartung des längeren Aufenthaltes zu Tisch bei einem Abendspaziergang die Beine vertreten hatte, was bei Sandra und Sebastian Verständnis hervorrief. Melanie war ebenfalls in einem Kleid erschienen, wobei Melanie dasjenige trug, für dessen Produktion ohne jeden Zweifel die mit Abstand geringste Menge Stoff verwendet worden war. Das kräftige Grün des luftigen diffusen Stoffs harmonierte ideal mit Melanies grünen Augen. Während sie zu dem für sie reservierten Tisch liefen, zog das Wiegen von Melanies Hüften, Bastis Blicke an wie ein Magnet. Im Vergleich zu Sandra war sie insgesamt ein wenig strammer, hatte aber einen recht ausgewogenen Körperbau mit geraden Beinen und dem Muskeltonus einer Sportlerin. 'Ein netter Anblick, wenn sie auch ein ganzes Stück vom Topmodel entfernt ist', dachte Sebastian, als sie sich setzten. Sandra hatte sie ebenfalls gemustert, da ihr nicht verborgen geblieben war, dass Bastis Blicke über Melanies Körper gedriftet waren, wie eine Billardkugel kurz vor dem Stillstand. Sebastians Freundin war sich jedoch bewusst, dass Männer nun mal so sind und ja, die Frauen auch. Sandra war sich ebenfalls im Klaren darüber, dass die Mädels, die nicht mit der absoluten Schönheit gesegnet sind, ihre Defizite in dieser Hinsicht häufig durch Hemmungslosigkeit auszugleichen verstehen. Dennoch gab es für Sandra vorerst keinen Grund zur Panik, da sie wusste, dass er Liljana widerstanden hatte, was wohl für jeden normalen Mann als harte Prüfung betrachtet werden konnte.

Die Zeit verging wie im Flug, während Melanie, Sandra und Sebastian sich Storys aus ihrem Leben erzählten.

»Sorry, ich muss jetzt Kassieren, denn wir schließen gleich!«, ermahnte der junge Kellner seine Gäste, gleich nach Anbruch des neuen Tages mit einem müden Antlitz. Nachdem die kleine Gruppe ihre getrennten Rechnungen beglichen und sich von ihren Plätzen erhoben hatte, begaben sich alle drei langsam in Richtung Eingangshalle. Ein dicker Teppich dämpfte ihre Schritte auf dem Weg zu den Aufzügen. Eine Empfangsdame mittleren Alters, mit weißer Bluse und streng nach hinten gekämmten schwarzen Haaren, war hinter dem circa zehn Meter entfernten Rezeptionstresen mit einem Computer beschäftigt. Fahles gelbliches Licht, flutete die ansonsten menschenleere Eingangshalle. Während sie sich die Hände reichten, um sich zu verabschieden, fragte Melanie an Sandra und Basti gewandt: »Wollt ihr noch auf einen Schluck mit nach oben kommen?« Die beiden sahen sich einen Moment nachdenklich an, dann sagte Sandra: »Von uns aus gerne!« »Schön, dann lasst uns keine Zeit verlieren!«, sagte Melanie, wobei sie sich dem Aufzug zuwendete. Genau genommen hatte Sandra nicht wirklich Lust, den Abend zu verlängern, doch sie sah eine weitere Möglichkeit, die Loyalität ihres neuen Freundes, den sie so bereitwillig in ihr Leben gelassen hatte, auf die Probe zu stellen. Im Verlauf des Abends hatte er Melanie mehrmals auf die Titten und in ihre grünen Augen gestarrt, dabei ließ er Daumen und Zeigefinger seiner rechten Hand langsam an seinem Weinglas auf und abgleiten. Gut es konnte am Alkohol liegen, welcher die Blicke manchmal genauso lähmt wie die Zunge. Aber was ist schon sicher in dieser Welt? Davon abgesehen waren ihr an Bastis Zunge keine Ermüdungserscheinungen aufgefallen.

Mit einem leisen Zischen hatten sich die Türen des Aufzuges geschlossen, nachdem Melanie die 8. Etage als Haltestelle wählte. »Wir müssen aussteigen!«, sagte Melanie zu ihren Gästen, die ihr gegenüber, dicht nebeneinanderstanden, als das von mattem Edelstahl umrahmte dunkelrote Zifferndisplay über den Türen des Aufzugs, die gewählte Etage anzeigte.

Der Weg zu Melanies Zimmer führte über einen langen Gang. Die Ruhe und die Lichtverhältnisse im Flur erinnerten an die aktuelle Uhrzeit und erzeugten unterschwellig den Wunsch nach mehr Geborgenheit. Leise drehte Melanie den Schlüssel im Schloss zu ihrer Unterkunft, bevor sie sachte die Klinke herunterdrückte, um die Tür zu öffnen. Nachdem sie die Tür hinter ihren Gästen ebenso leise geschlossen, wie zuvor geöffnet hatte, entspannte sich Melanie. Sandra und Basti standen im Zentrum eines ordentlichen, aber schmucklosen Zimmers, dessen Architekt anscheinend vom günstigsten Preis-Leistungsverhältnis der Welt inspiriert worden war. Gegenüber einem großen Doppelbett mit kleinen Nachttischen links und rechts, war ein Tisch mit zwei Polsterstühlen platziert, über dem ein großer Spiegel die Wand zierte. »Setzt euch«, vernahmen Basti und seine Freundin Melanies Stimme durch die Badezimmertür, welche halb offen stand. Während die beiden auf den Stühlen vor dem Tisch Platz nahmen, verriet ein lautes Plätschern, was Melanie gerade im Bad machte. Mit der Fernbedienung versuchte Sandra, den auf einem Wandhalter schräg dem Bett gegenüber montierten Fernseher zum Leben zu erwecken, um die Geräusche aus dem Bad zu übertönen. Als sich ihr Wunsch nicht gleich erfüllte, drückte sie hastiger auf die Tasten, jedoch ohne Erfolg. »Die Fernbedienung funktioniert nicht! Du musst die Tasten am Fernseher benutzen!«, belehrte sie Melanie, gleich nachdem sie das Bad verlassen hatte und war mit ein paar Schritten am Gerät, um es in Gang zu setzten. Sandra und Sebastian nickten zustimmend, als leise MTV-Musik die Stille brach. Nachdem Melanie einen Flügel des großen Balkonfensters geöffnet hatte, um den leicht muffeligen Geruch zu vertreiben, fragte sie: »Was wollt ihr trinken, Sekt, Wodka-Soda, Wodka-Orange oder Wodka pur?« Sandra hob den Zeigefinger der rechten Hand in die Höhe ihres Kinns und erwiderte: »Ich bevorzuge Sekt!« Der Mann entschied sich als Einziger für

Wodka-Orange. Melanie nahm auf einem der billigen Plastikstühle Platz, den sie vor dem Servieren der Getränke vom Balkon geholt und in der Nähe der Polsterstühle positioniert hatte. Die drei belagerten die drei freien Seiten des Tisches, dessen vierte Seite mit der Wand abschloss. Sandra saß Melanie an einer der kurzen Seiten gegenüber. Basti machte es sich vor dem Spiegel bequem. Sie stießen mit einfachen 0,2 l Gläsern an, welche ihre Gastgeberin bist fast zum Überlaufen gefüllt hatte. »Warum bist du eigentlich solo, ich meine ohne Partner in den Urlaub gefahren?«, eröffnete Sandra das Gespräch, als ihr Glas wieder auf dem Tisch stand. Dabei legte sie ihre rechte Hand auf Sebastians linken Unterarm und sah Melanie unverhohlen an. Melanie zog eine Schnute mit dem Ansatz eines Lächelns. »Mein Freund Rolf hatte keine Zeit, denn er studiert ebenfalls, muss sich aber auf eine Prüfung vorbereiten, die er beim letzten Versuch verrissen hat. Davon abgesehen, sind wir auch schon drei Jahre zusammen, da sind vierzehn Tage Auszeit nicht so dramatisch. Also es kommt dann nicht zu bedrohlichen Entzugserscheinungen. Ich denke, dass ich das für uns beide ohne Übertreibung behaupten kann.« »Ah ja, und für den Fall, dass du hier einen Platz an der UNI bekommst, will er dann auch hierher?«, forschte Sandra weiter. »Darüber habe ich mir noch keine Gedanken gemacht. Ich sage bewusst ich, denn er weiß nichts von meinen Plänen, von welchen ich mich durch ihn aber auf keinen Fall abbringen lassen würde. Deswegen empfinde ich es als eine Fügung des Schicksals, dass wir uns kennengelernt haben. Es ist nicht verkehrt, wenn man in der Fremde, na ich sage jetzt mal Bekannte hat. Das vermittelt ein Gefühl von Sicherheit. Aber keine Angst, ich will mich euch nicht aufdrängen. Die Tatsache, dass ihr in der Nähe seid ist schon hilfreich.« Im Weiteren unterhielten sie sich über ihre Vergangenheit und ihre Zukunftspläne.

5

»Wie sind Sie hier rein gekommen?«, vernahm Sebastian eine tiefe weibliche Stimme, wobei ihn jemand an der Schulter rüttelte. Träge öffnete er die Augen, seine Glieder waren schwer wie Blei. Nach und nach nahm er seine Umgebung deutlicher wahr. Neben ihm am Bett, stand eine hochgewachsene schmale Frau mit schwarzen kurzen Haaren, die er anhand ihrer Uniform als Zimmermädchen einordnete und die er auf Ende dreißig schätzte. Ihre Gesichtszüge tendierten eindeutig zum maskulinen, ohne diese Grenze dabei wirklich zu überschreiten. Der feminine Teil an ihr, wurde durch ihr gebärfreudiges Becken deutlich. »Ich … …«, er überlegte, wie er in dieses Bett gekommen war. »Bin etwas im Zweifel«, gab er schließlich zaghaft von sich. »Also Sie haben zu viel getrunken und sind im falschen Zimmer gelandet, welches unverschlossen war«, mutmaßte die Hotelangestellte, deren Gesicht nach und nach ein immer breiteres Grinsen erfasste. »Nein, nein, nein«, wehrte Basti ab. »Eine Frau, die dieses Zimmer bewohnt, hat uns hier reingelassen.« Dabei sah er sich um. Es war alles sauber aufgeräumt, als wenn der Umtrunk in der letzten Nacht nie stattgefunden hätte. »Haben Sie die Flaschen und Gläser vom Tisch geräumt?«, fragte er das Zimmermädchen. Sie schüttelte den Kopf. »Nein, als Erstes habe ich versucht Sie zu wecken. Das Zimmer war seit einer Woche nicht belegt, ich sollte nur mal nach dem Rechten sehen, weil heute Abend Gäste anreisen werden, welche hier einziehen sollen. Ich mache Ihnen einen Vorschlag, in zehn Minuten komme ich wieder, bis dahin verlassen Sie bitte das Zimmer.« Mit einem Augenzwinkern drehte sie sich um und entfernte sich aus dem Raum. Basti wollte erst noch was sagen, ließ es dann aber lieber. 'Wenn ich an ihrer Stelle wäre, würde ich mir auch nicht glauben und es wahrscheinlich genauso für den Versuch halten, sich irgendwie herausreden zu wollen, aus dem, was man im Suff verbockt hat', dachte Sebastian, während er sich aus dem Bett erhob. Splitternackt stand er im Zimmer und begann nach seiner Wäsche zu suchen, konnte sie aber nirgends finden. Die Einbauschränke waren leer, auch in den Nachttischen, unter der Matratze, unter dem Bett und in dem kleinen Kühlschrank, der zum Inventar gehörte, fand er nichts von seinen Sachen. Panik stieg in ihm auf, die dafür sorgte, dass er das Bad aufsuchte. Während er sich erleichterte überlegte er, ob das ein schlechter Scherz von Sandra gewesen sein könnte. Dafür allerdings, kannten sie sich noch nicht lange genug und er hatte ihr auch nicht den geringsten Grund gegeben, so ein Spiel mit ihm zu treiben. Als ihm seine Lage komplett bewusst wurde, nackt, ohne Geld und Papiere in einem Hotel, wo er nicht hingehörte, ließ er lautstark einen fahren. Als er sich gerade die Hände wusch, registrierte er, dass die Tür geöffnet wurde.

Jemand rief: »Hallo!« An der Stimme erkannte er, dass das Zimmermädchen zurück war. Basti sah sich nach einem Handtuch um, mit dessen Hilfe er seine Scham verhüllen wollte, fand aber keins. 'Die hat doch vorhin gesagt, sie hat nichts weggenommen', überlegte er ärgerlich. Da öffnete sie auch schon die Tür. »Sie sind ja immer noch da!«, sagte die Frau mit einem Schmollmund, der schnell einem Lächeln wich. »Ich erkläre es Ihnen gleich. Können Sie mir bitte ein Handtuch geben?«, erwiderte Sebastian. Sie nickte wortlos und ging nach draußen, um von ihrem Servicewagen vor der Tür das Begehrte zu besorgen. Das Handtuch, welches sie Basti gab, reichte mit Mühe und Not seine Lenden zu bedecken, wobei er mit der rechten Hand, die beiden Enden des Stoffs neben seiner rechten Hüfte zusammenhalten musste, da es zu knapp war, um es selbsthaltend zu befestigen. Fragend sah er in ihre dunklen Augen, in denen der Schalk glänzte. Da er es sich nicht mit ihr verderben wollte, verzichtete er darauf ob des kleinen Frotteetuchs zu protestieren. Simona das Zimmermädchen setzte sich verkehrt herum auf einen der Polsterstühle und verschränkte die Arme auf der Rückenlehne. »Also dann erklären Sie mal, was Sie erklären wollen«, forderte sie den einen Meter entfernt vor ihr stehenden Basti zum Reden auf. Er schielte zum Bett und überlegte, ob er sich lieber unter einer der Decken verstecken soll, verwarf seinen Gedanken aber gleich wieder, um nicht wie ein Weichei rüber zu kommen. Nachdem er dem Zimmermädchen das Essenzielle der Ereignisse nahegebracht hatte, sagte dieses: »Soviel ich weiß sind hier im Hotel bisher keine derartigen Geschichten vorgefallen. Ich kann Ihnen mein Handy geben, dann können Sie im Massagesalon anrufen und sich hier abholen lassen. Da Sie in einem Massagesalon zu Hause sind, habe ich aber vorher eine kleine Bitte. Es ist schon ewig her, dass mir jemand den Rücken massiert hat und für eine professionelle Massage habe ich kein Geld. Wenn Sie also so freundlich wären, mir ein wenig den Rücken und die Schultern zu massieren, sagen wir eine viertel Stunde?« Sebastian nickte verhalten, denn ihm war klar, dass er dadurch nicht mehr in ihrer Schuld stehen und sich besser fühlen würde. »Wollen Sie sich dazu aufs Bett legen?«, erkundigte er sich. »Nein, ich mache nur meinen Rücken frei und setze mich wieder genauso auf den Stuhl wie vorher«, entgegnete Simona und begann die Bluse ihrer Hotelkleidung auf zu knöpfen. Sie saß mit Blickrichtung Zimmertür, parallel zu dem Spiegel über dem Tisch und hatte ihren Kopf mit der linken Wange, auf ihre, auf der Lehne verschränkten Arme gelegt, sodass sie ihren Masseur hinter sich im Spiegel betrachten konnte. Notgedrungenerweise musste Sebastian das Handtuch, mit dem er bis dahin seine Lenden bedeckt hatte, zur Seite legen, was Simona mit einem wohlwollenden Augenblinzeln quittierte. Ihr Rücken war komplett frei, denn unter ihrer Bluse trug sie nichts. Während sie ihn im Spiegel ansah, betrachtete er seinerseits im Spiegel, hin und wieder ihre kleinen festen Brüste, welche es ihr ermöglichten auf einen BH zu verzichten. Seine Hände glitten wieder und wieder knetend an ihrem Rücken auf und ab, von den Schultern bis zu ihrem Hosenbund und zurück. »Das hast du sehr gut gemacht!«, gurrte sie nach fünfzehn Minuten, zog sich ihre Bluse wieder über, die gleich rechts neben ihr auf dem Tisch lag, erhob sich und reichte ihm ihr Handy mit einem Lächeln, welches sein Anblick auf ihr Gesicht zauberte. Basti nahm das Mobiltelefon an sich. Schnell wählte er die Nummer des Massagesalons, wobei Simona im Bad verschwand, um ihrer Arbeit nach zu gehen. Liljana meldete sich.

»Ist die Sandra im Haus?«, fragte Basti eilig.

»Warte, ich sehe mal nach, denn ich hatte bis vor ein paar Minuten einen Kunden, wäre möglich, dass sie währenddessen gekommen ist. Mit dem Telefon am rechten Ohr, lief Sebastian den kurzen Weg bis zum Fenster und sah hinaus. Die Sonne stand hoch am Himmel und der Strand war für die Nachsaison schon gut besucht.

»Hallo?!«, meldete sich Liljana zurück.

»Ja.«

»Sie ist nicht im Haus! Wo steckst du denn? Ist alles in Ordnung?«

»Ich fürchte nein, aber ich habe jetzt keine Zeit dir alles zu erklären. Kannst du ein paar Klamotten und Schuhe für mich einpacken und mich in dem Hotel abholen, wohin wir uns gestern Abend zum Essen verabschiedet haben? Du findest mich im Zimmer 114.«

»Ja klar, ich mach mich gleich auf den Weg«, beruhigte Liljana den Partner ihrer Chefin.

Sebastian beendete das Gespräch und gab Simona, die sich inzwischen an den Betten zu schaffen machte, ihr Handy zurück. »Alles klar«, sagte sie, nachdem sie Basti über den Stand der Dinge aufgeklärt hatte. »Im Bad findest du größere Handtücher. Zieh die Tür einfach zu, wenn du gehst und meld dich mal wieder, wenn sich die Sache aufgeklärt hat!«, verabschiedete sich das Zimmermädchen.

Leises Klopfen an der Zimmertür riss Sebastian, der auf einem der Betten lag, eine knappe Stunde später aus seinen Gedanken. Er sprang auf und öffnete. Liljana musste sich das Lachen verkneifen, als sie ihn nur mit Handtuch bekleidet vor sich stehen sah. Schweigend reichte sie ihm am ausgestreckten rechten Arm eine Plastiktüte mit Klamotten, während sie das Zimmer betrat. Basti drehte ihr den Rücken zu, ehe er sein Handtuch fallen ließ und die Kleidung, aus der vor ihm auf dem Bett liegenden Tüte nach und nach überzog. »Jetzt erzähl schon, was passiert ist«, drängte ihn dabei Liljana ungeduldig. Nachdem er ihr in kurzen Stichpunkten die Situation vermittelt hatte, wurde ihre Stimmung ernster. »Das heißt, du weißt nicht wo Sandra abgeblieben ist, wenn ich das richtig verstanden habe?« »Ja genau, so sieht es aus. Aber lass uns erst mal aus dem Zimmer raus. Es könnte sein, dass irgendwelche Leute, aus dem Laden hier, an der Geschichte beteiligt sind«, erwiderte Sebastian mit ernster Miene. Liljana nickte. Eine Minute später waren sie auf dem Weg zum Fahrstuhl.

Nachdem die beiden den Aufzug im Foyer verlassen hatten, meinte Liljana: »Sollen wir nicht gleich mal an der Rezeption fragen, ob die etwas über Melanie und Sandra wissen?« »Probieren können wir es, letzte Nacht war allerdings eine andere Mitarbeiterin an der Rezeption. Hoffentlich gibt es hier Überwachungskameras, die uns aufgezeichnet haben«, stimmte er Liljanas Ansinnen zu.

Als Sandra die Augen öffnete, war sie von totaler Dunkelheit umgeben und fühlte sich schwer verkatert. Nach Momenten in denen sie sich sammelte, begann sie mit der rechten Hand nach einem Lichtschalter zu suchen, fand aber keinen. Im Bewusstsein ihr Kleid vom Vorabend noch am Leib zu tragen, erhob sie sich von ihrem Lager und bewegte sich mit ausgestreckten Armen langsam vorwärts, bis sie einen Widerstand spürte, der eine Wand sein musste. Vorsichtig tastete sie sich weiter, bis sie eine Tür erkannte. Allerdings hatte diese keine Klinke, sondern nur einen Knauf, welcher sich nicht bewegen ließ. Sie rüttelte daran und begann laut zu rufen:

»He, was soll der Scheiß? Lasst mich gefälligst hier raus!« Es dauerte einen Augenblick, dann erfüllte kaltes Neonlicht den Raum. Nachdem sich ihre Augen der Helligkeit angepasst hatten, sah sie sich um. Eine in der Wand befestigte Pritsche in circa 5 m Entfernung erkannte sie als ihr Nachtlager. Unter der Liege auf dem Boden lagen ihre Schuhe, gegenüber der Pritsche war ein Campingklo aufgestellt und einen Meter daneben auf einer Art Regal stand eine Waschschüssel und ein dazu passender Wasserkrug, beides aus Plastik. Daneben hing, an einem Wandhaken, ein großes Handtuch. Fenster gab es nicht, nur ein großes Lüftungsgitter in der Decke, deren Höhe Sandra auf ungefähr 2,5 m schätzte. Zu ihrer Linken entdeckte sie eine Glasscheibe in der Wand. Dahinter befand sich, in das Gemäuer eingelassen, ein TFT-Fernseher. »Was soll das?«, fragte Sandra ärgerlich aber verunsichert und nicht mehr so laut. Wenig später hörte sie ihre gerade gesprochenen Worte wie ein Echo, dann schaltete sich der Fernseher ein. Sie sah sich schlafend auf dem Bett liegen und die Zeit, nach dem sie erwacht war und sich durch die Dunkelheit tastete, als mithilfe von Infrarotlicht aufgenommenes Video, dann wurde der Bildschirm wieder dunkel. Langsam ging sie zur Liege zurück und setzte sich darauf. Die Pritsche war gepolstert, aber es gab keine Decke und kein Kissen. Das rechte Bein angewinkelt, mit dem rechten Fuß auf der Liege, lehnte sie mit dem Rücken an der Wand und dachte darüber nach, was zuvor in den frühen Morgenstunden im Hotel in Melanies Zimmer gelaufen war. 'Sie hatten getrunken und geredet, ohne irgendwelchen Streit, bis Sebastian schlagartig müde wurde.' Das Letzte an was sich Sandra erinnern konnte, war, dass sie gähnend sagte, es ist wohl besser wenn wir gehen, dann schwanden ihr die Sinne. 'Also musste Melanie dahinter stecken, aber warum? Sie hatte doch einen ganz normalen, netten Eindruck gemacht und war abgesehen von Bastis Führung nie zuvor mit jemandem aus dem Massagesalon ...'
Sandra dachte tiefgründiger nach, ob sie jemals zuvor den Namen Melanie in ihrer Umgebung gehört hatte oder er ihr irgendwo begegnet war.

»Entschuldigung, wir haben ein kleines Problem«, sprach Liljana die Rezeptionistin an. »Wir sind hier mit einer Freundin verabredet. Wir kennen aber nur ihren Vornamen. Melanie ist eine junge Frau mit kinnlangen dunkelroten Haaren und grünen Augen. Sie kommt aus Braunschweig in Deutschland. Können Sie ihr bitte Bescheid sagen, dass wir hier auf sie warten?« »Die Zimmernummer wissen Sie nicht zufällig? Wir haben hier nämlich eine Menge Gäste und Ihre Beschreibung sagt mir absolut gar nichts!«, erwiderte die Rezeptionistin mit erwartungsvollem Blick. »Nein leider nicht, aber Sie könnten doch mal in Ihrem Computer nachsehen!«, schlug Basti vor. Die Frau hinter dem Rezeptionstresen sah die beiden einige Sekunden prüfend an, dann nickte sie, ging das kurze Stück zur Rechenmaschine und setzte sich davor. »Woher sagten Sie nochmal kommt die?«, hakte sie nach, den Blick an Sebastian gerichtet. »Aus Braunschweig!«

»Tut mir leid, laut unserer Gästedatei haben wir keine Kundschaft aus Braunschweig im Haus!« »Vielleicht ist sie heute abgereist«, warf Liljana ein. »Nein, ist sie nicht, daran habe ich bei meiner Suche schon selbst gedacht!« Nach einem enttäuschten: »Danke!«, wendete Sebastian seinen Blick zu Liljana, dann zur Uhr über der Rezeption. Diese zeigte 12:55. Gemeinsam mit Liljana, ging er zu einem der großzügigen Sofas in der Empfangshalle, um sich zu setzen. »Sollen wir nicht besser die Polizei rufen?«, fragte Liljana, nachdem sie sich angelehnt hatte. Basti schürzte nachdenklich die Lippen. »Im Prinzip ja, aber ich möchte ihre Schwierigkeiten nicht vergrößern. Falls es dabei um Geschäfte geht, von der die Polizei nicht unbedingt erfahren soll.« »Was meinst du damit?«, forschte Liljana erstaunt. »Na ja Privatkredite, mit denen sie in Verzug ist, Schutzgeldforderungen für euer Geschäft oder so was in der Art. Davon abgesehen könnten diejenigen die dahinter stecken nervös werden, wenn sie Wind davon bekommen, dass die Polizei im Spiel ist.« »Also, was schlägst du vor?« »Lass uns erst mal zurück in den Salon fahren, vielleicht finden wir Hinweise in den Geschäftsunterlagen oder es meldet sich jemand per Telefon und stellt Forderungen«, entschied Basti.

Plötzlich schnarrte eine geschlechtslose roboterähnliche Stimme aus dem Lautsprecher in der Decke, die Sandra schlagartig nach oben sehen ließ. »Der Grund, warum du hier bist, ist folgender: Wir wollen deinen Massagesalon samt Grundstück und zwar umsonst!« »Ihr spinnt wohl, das könnt ihr vergessen«, hielt Sandra erbost und kämpferisch dagegen. »Du solltest besser noch mal über deine Situation nachdenken, Schätzchen!«, rasselte der Lautsprecher, dann ging das Licht aus und Sandra saß wieder in völliger Dunkelheit. Sie begab sich in die Waagerechte und dachte nach, wer so einen Wunsch haben könnte. Bisher war nie jemand an sie heran getreten und hatte sie diesbezüglich angesprochen. Das Grundstück war ein Schnäppchen gewesen und die Gebäude darauf, stellten auch keinen maßlosen Wert dar. Ein Stück Land ohne Meerblick, in der Nähe eines Industriegebietes kann man ja nun kaum als Topimmobilie betrachten und sicher auch relativ günstig erwerben, wenn es nötig sein sollte. Auf der anderen Seite war aber sicher trotzdem Geld zu machen, wenn man die Leute dazu brachte ihr Eigentum zu verschenken, um es seinerseits zu verkaufen. 'Was mache ich jetzt. Wenn die mich umbringen, bekommen sie auf keinen Fall was sie wollen und die ganze Aktion war umsonst, also werden sie es nicht tun. Vorerst werde ich auf meinem Nein beharren, auch wenn es hier nicht gerade heimelig ist. Sollen sie doch machen, was sie mögen', dachte Sandra trotzig.

Sebastian saß an Sandras Schreibtisch und öffnete eine Schublade nach der anderen. Anschließend sah er die Ordner aus ihrem Aktenschrank durch. Hinweise auf Schulden oder illegale Geschäfte fand er nirgends. Langsam strich er mit der flachen linken Hand, von der Stirn bis zum Kinn über sein Gesicht, nachdem er den letzten Ordner zugeklappt hatte. Dann checkte er die Uhrzeit, 18:55. Er ging nach unten, um nach Liljana zu sehen. Die war mal wieder beschäftigt. So nahm er in der Küche Platz und vertrieb sich die Zeit mit Handygames.

Das klappern von Türen ließ Sebastian aufhorchen. Er steckte sein Mobiltelefon in die rechte Hosentasche, nachdem er aufgestanden war und trat in den Flur hinaus. Liljana schloss gerade die Eingangstür hinter dem Besucher. Basti ging auf sie zu und sagte: »Zieh dir was anderes an, wir müssen noch mal ins Hotel. Der Kellner von gestern Abend ist hoffentlich wieder da. Möglicherweise kennt er Melanie, da die das Lokal vorgeschlagen hat, obwohl sie kein Hotelgast war.« »Und hast du sonst irgendwas in den Unterlagen gefunden, was uns weiterhilft?«, erkundigte sich Liljana. »Nein absolut nichts, was ich aber eher positiv als negativ werte.« »Okay ich bin gleich soweit«, sagte Liljana, drehte sich auf den Absätzen um und begab sich geradewegs in ihr Zimmer.

»Die rothaarige Frau, welche mit Ihnen gestern Abend am Tisch saß? Nein tut mir leid, ich kann mich nicht erinnern, sie vorher schon mal gesehen zu haben«, teilte der Kellner vom Vorabend, Sebastian auf seine Nachfrage hin mit. Dann schob er sich mit seinem Tablett an Liljana vorbei, in Richtung der Tische im Gastraum. Basti sah auf seine Armbanduhr und grummelte sorgenvoll: »Ein weiterer möglicher Hinweis, dass die ganze Aktion kein Zufall war. Lass uns nochmal zum Empfang gehen und wegen der Kameraaufzeichnungen fragen.«

»Was kann ich für Sie tun?«, erkundigte sich die Dame von der Rezeption. »Ich würde gerne mit Ihrer Kollegin sprechen, mit der, die heute in den frühen Morgenstunden Dienst hatte«, gab Sebastian zur Antwort. »Nehmen Sie da drüben Platz! Ich werde ihr Bescheid sagen. Ihre Schicht beginnt erst in einer halben Stunde«, erwiderte die Hotelangestellte und wies mit ihrer rechten Hand auf eine große Sitzgruppe mit Couchtisch, schräg links des Empfangs. Kaum saßen die beiden auf dem Sofa, kam auch schon eine Frau aus einer Seitentür der Empfangshalle, die Basti als die Empfangsdame der frühen Morgenstunden wieder erkannte.

»Hallo, mein Name ist Isabella. Wie kann ich Ihnen helfen?«, begrüßte sie Liljana und ihren Begleiter mit ausgestreckter rechter Hand und sympathischem Lächeln, während sie vor den beiden Stand. »Am besten setzen Sie sich erst mal, denn es wird etwas länger dauern«, empfahl Sebastian, nachdem sie sich bekannt gemacht hatten. Isabella nahm in einem Sessel rechts der Couch Platz. »Zunächst wüsste ich gerne, ob Sie sich an mich und die Personen, in deren Begleitung ich kurz nach Mitternacht hier in der Halle war, erinnern«, sagte Sebastian, wobei er Isabella freundlich ansah. Diese überlegte, während sie ihren Kopf minimal nach rechts neigte, ihr Kinn auf dem Daumen der rechten Hand stützte, ihren ausgestreckten Zeigefinger unterhalb ihres rechten Auges platzierte und Basti nachdenklich ansah. »Sie waren letzte Nacht mit zwei Frauen auf dem Weg zum Fahrstuhl, stimmts? Hab ich was gewonnen?«, entgegnete Isabella mit spitzbübischer Finesse. Sebastian lachte dezent, dann antwortete er: »Ja es stimmt, Sie haben ein gutes Gedächtnis. Und Ihr Gewinn ist mein Vertrauen.« Nun schmunzelte Isabella. »Davon kann ich mir aber nichts kaufen!« Basti nickte einmal verständnisvoll, wobei er die Augen schloss und gleich wieder öffnete, dann zückte er einen 20 Leva Schein und reichte ihn der Angestellten unauffällig. Im Anschluss fuhr er fort: »Ist Ihnen in der Nacht irgendwas verdächtig vorgekommen? Ich meine Personen, die eine andere Person gestützt haben während sie das Hotel verließen oder das eine oder beide Frauen, mit denen Sie mich zusammen am Fahrstuhl gesehen haben gegangen ist, beziehungsweise gegangen sind.«

Ein schabendes Geräusch lenkte Sandras Aufmerksamkeit auf die Tür, von der sie nun auch im Dunklen wusste wo sie war. Eine Luke an der Unterkannte der Tür öffnete sich und ließ ein paar Lichtstrahlen in ihr Zimmer eindringen, gleich darauf wurde ein Tablett hineingeschoben und die Luke schloss sich wieder. Minuten später erhellte kaltes Licht ihre unfreiwillige Unterkunft. Sie erhob sich, ging zur Tür und sah von oben auf das Servierbrett. Belegte Brötchen und eine große Plastikflasche stilles Mineralwasser waren im Angebot. Sie nahm es an sich, wobei sie merkte, dass das Tablett aus Pappe war. Sandra machte sich auf den Weg zu ihrer Liege damit, setzte sich, nachdem sie diese erreicht hatte, und stellte das Tablett rechts neben sich darauf.

»Und wie steht es, hast du es dir überlegt? Wirst du unsere Forderung erfüllen?«, ertönte die mechanische Stimme aus dem Deckenlautsprecher, kaum das Sandra den letzten Bissen geschluckt hatte. Sie wischte sich mit der rechten Hand den Mund ab, bevor sie entschlossen antwortete: »Ich hab doch gesagt, das könnt ihr vergessen!«, damit warf sie die Servierunterlage aus Pappe neben sich auf den Boden. »Schade, dass du so renitent bist, wenn du ein wenig kooperativer wärst, könntest du schon längst frei sein«, krächzte der Lautsprecher. Plötzlich spürte Sandra, wie die Pritsche, auf der sie saß, sich nach und nach in die Wand zurück zog. Sie sprang auf und sah dem Schauspiel zu. Der Versuch, die Liege mit den Händen am Verschwinden zu hindern, misslang. 'Die Schweine, soll ich etwa auf dem Boden schlafen', dachte sie, als die Wand die Pritsche komplett geschluckt hatte. »Du siehst es gibt noch jede Menge Möglichkeiten, deine Entscheidung zu beeinflussen. Also sei nicht dumm und gib uns was wir wollen«, kommentierte die Stimme den Vorgang. Sandra kauerte sich sitzend in eine Ecke auf den Boden und sagte nichts dazu. Erneut schaltete sich der Fernseher ein. Diesmal gab es Videos und Bilder von Strafaktionen durch organisierte Kriminelle. Abgeschnittene Finger, Zehen, Ohren und weitere Teile des Körpers, welche zwar nicht absolut Lebensnotwendig, aber dennoch nicht nutzlos waren.

»Ich kann mich an nichts Ungewöhnliches erinnern. Von den Frauen, mit denen Sie zusammen waren, habe ich keine gehen sehen«, entgegnete Isabella nach einem Augenblick des Nachdenkens. »Haben Sie Zugriff auf die Aufzeichnungen der Hotelkameras?«, bohrte Basti weiter. »Na ja, in begrenztem Umfang. Das heißt, wir können uns die Bilder auf dem Computer ansehen, aber nicht wieder am Ursprungsort speichern, da wir für diesen Platz nur Lesezugriff haben. Ausdrucken können wir die Bilder natürlich auch. Allerdings gibt es hier nicht sehr viele Kameras. Das liegt daran, das es bei uns nicht viel zu holen gibt. Die wenigsten der Hotelgäste zahlen bar. Unsere Gäste zählen nicht zu den Reichen. Mehrheitlich sind es Pauschalurlauber. Höchstens ein Schwachsinniger könnte auf die Idee kommen, uns zu überfallen! Es werden nur die Eingänge von Kameras erfasst. Im Rest des Gebäudes gibt es keine Kameras, schließlich sollen sich die Urlauber hier erholen und nicht wie im Knast fühlen! Für die Sicherheit gibt es überall moderne Rauchmelder und Brandschutzvorrichtungen.« »Aha und wäre es möglich, dass Sie uns die Aufzeichnungen der letzten Nacht sehen lassen?«, fragte Sebastian, wobei er diskret einen 100 Leva Schein an die Dame des Hauses reichte. »Ja ich denke das lässt sich machen«, erwiderte Isabella, erhob sich und forderte die beiden auf ihr zu folgen. Sie führte Liljana und Sebastian in eine abgelegene Ecke der Eingangshalle, die durch dichte Pflanzen von der übrigen Halle getrennt war und PCs für den zahlungspflichtigen Internetzugang beherbergte. Sie waren alleine, keiner der Computer war besetzt. Isabella nahm vor einer der Maschinen Platz und loggte sich ins hausinterne Kameraprogramm ein. Anschließend erhob sie sich und erklärte, wie die gesuchten Bilder zu finden waren. Sebastian probierte ihre Anweisungen aus, dann sagte er:»Danke, ich komme klar damit!« »Dann ist es ja gut, denn ich muss jetzt zur Arbeit«, verabschiedete sich die Hotelmitarbeiterin und verschwand. Liljana stand hinter Basti und sah ihm über die Schulter. Nach einer Weile sagte sie:»Ich hole mir was zu trinken aus dem Automaten, willst du auch was?« »Ist ne gute Idee, bring mir bitte einen Apfelsaft mit«, antwortete Sebastian ohne vom Bildschirm auf zu sehen. Während Liljana unterwegs war, stellte Basti die Zeit in der Programmoberfläche auf 19:45 Uhr des Vortages, und startete den Zeitraffer.»Das hätte ich mir ja denken können!«, murmelte er vor sich hin, als er das Eintreffen von Melanie auf den Bildern verfolgte. Sorgfältig hatte sie es vermieden, direkt in die Kamera des Haupteinganges zu sehen. Lediglich an den Haaren, ihrer Garderobe und der restlichen Erscheinung war er in der Lage sie zu identifizieren. Liljana stellte eine Flasche mit dem Getränk, welches Sebastian sich gewünscht hatte neben die PC-Tastatur und schob sich einen Stuhl dicht neben seinen, um die Bilder ebenfalls betrachten zu können.

Sandra war zu dem Entschluss gekommen, dem Willen ihrer Entführer nach zu geben. So wie die Dinge lagen, waren ihre Widersacher gut vorbereitet und zogen die Aktion anscheinend nicht zufällig und auch nicht zum ersten Mal durch. Ein Umstand, der schlechte Karten für sie bedeutete. 'Wenn ich wieder frei bin, werde ich mir meinen Besitz schon zurück holen. Wer weiß schon was das für Psychos sind. Am Ende fügen sie mir tatsächlich noch körperliche Schäden oder Schlimmeres zu und soviel ist mir die Hütte dann auch wieder nicht Wert', waren die Gedanken, von denen sie sich leiten ließ.»Also gut, ich gebe euch, was ihr verlangt!«, rief sie schließlich mit kräftiger gereizter Stimme. Es kam aber auch nach mehreren Minuten keine Antwort. Daraufhin ging sie zur Tür, schlug dagegen und schrie:»Hey, ich will mit euch reden!« »Es gibt nichts zu reden, du wirst uns einen Vertrag unterschreiben, dann bist du frei! Und jetzt geh von der Tür weg und warte!«, ertönte wenig später die Antwort. Sandra lief ein paar Mal auf und ab, dann hockte sie sich auf den Boden gegenüber der Tür. Lange musste sie nicht ausharren, bis sich die Luke unten an der Tür öffnete. Diesmal wurden Papier und ein Kugelschreiber hindurch geschoben. Sie stand auf und nahm die Sachen an sich. Hastig überflog sie, was in dem Vertrag zu lesen war. Mit ihrer Unterschrift sollte sie den Verkauf ihres Salons samt zugehörigem Grundstück für 339000 Leva bestätigen. Das Datum lag zwei Wochen in der Vergangenheit. Sandra hatte den Stift schon auf dem an die Wand gedrückten Papier aufgesetzt. Sie dachte einige Sekunden nach, ob sie bezüglich Garantien für ihre Unversehrtheit nach Unterzeichnen des Vertrages fragen sollte, bevor sie den Stift in Bewegung versetzten würde. Entschied sich dann aber ruhig zu bleiben, um die Erpresser nicht auf dumme Gedanken zu bringen.

6

Liljana und Basti hatten sich die Überwachungsvideos aller Zugänge zum Hotel vom Mittwochabend bis zum darauf folgenden Mittag angesehen. Von Sandra gab es keine Spur. Auch nicht von der Frau, mit der er und seine Freundin den Abend verbracht hatten. »So kommen wir nicht weiter«, sagte Sebastian, um drei Minuten nach halb drei des nächsten Tages, an Liljana gewandt. Liljana rieb sich die Augen. »Stimmt, lass uns aufhören und nach Hause fahren!« Basti nickte, schloss das Programm mit einem Mausklick, erhob sich von seinem Stuhl und streckte sich. Liljana tat es ihm gleich und folgte ihm zum Empfang. Isabella hatte den Weg der beiden mit ihren Augen verfolgt und sah Sebastian unverblümt an, als er ihr gegenüber stand. »Und habt ihr was Brauchbares gefunden?«, fragte sie, wobei sie sichtlich gegen ihre Müdigkeit kämpfte. »Nein leider nicht, aber immerhin sind wir jetzt nicht mehr im Ungewissen darüber, ob in den Bildern der Kameras die Lösung zu unserem Problem liegt«, antwortete Basti und fuhr fort: »Das Programm am PC habe ich geschlossen. Ich wünsche Ihnen noch eine ruhige Nacht. Auf Wiedersehen!« Auch Liljana verabschiedete sich, bevor sich die beiden umdrehten und sich zum Ausgang bewegten.

Das Licht von Straßenlampen und Ampeln spiegelte sich im Lack der Motorhaube, als Basti den Ford Fokus in Richtung des Massagesalons lenkte. Die Straßen waren Menschenleer. Durch sein, einen Spaltbreit geöffnetes Seitenfenster, strömte etwas von der Kälte der Nacht in das Fahrzeuginnere. Seine Gedanken waren bei Sandra, als er um Haaresbreite eine Katze bei ihrem nächtlichen Streifzug überfahren hätte. Nur eine scharfe Bremsung und ein Ausweichmanöver verlängerten das Leben des Tieres. »Ist alles in Ordnung mit dir?«, fragte Liljana besorgt. »Ja … ja, ich war nur zu sehr in Gedanken wegen der ganzen Geschichte. Tut mir Leid!«, antwortete Sebastian, schlagartig wieder voll konzentriert. »Ist schon gut, wir sind ja gleich am Ziel«, beruhigte ihn seine Beifahrerin.

»Jetzt habt ihr was ihr wollt, also lasst mich gehen!«, tönte Sandra, nachdem sie den Vertrag unter der Tür nach draußen geschoben hatte. »Entspann dich Schätzchen, wir lassen dich schon noch raus! Zunächst möchten wir dir aber ans Herz legen, nicht zur Polizei zu gehen. Du bist jetzt hier und du könntest wieder hier landen, wenn du den Mund aufmachst und dein nächster Besuch würde garantiert nicht so angenehm verlaufen wie der Jetzige! Vergiss die Videos nicht! Du wirst das Haus innerhalb von zwei Wochen räumen, schließlich sind wir keine Unmenschen und setzten dich gleich vor die Tür! Wenn du gehst, lass die Schlüssel drinnen, gut sichtbar liegen, wir haben unsere eigenen!«, drang das bekannte Schnarren zu Sandras Trommelfell vor. Gleich danach war sie wieder von völliger Finsternis umgeben. Widerworte sparte sie sich in Anbetracht der Lage, obwohl sie nicht übel Lust verspürte, noch einmal lautstark zu protestieren. Ihre Aufmerksamkeit wurde durch ein leichtes Surren, begleitet von schwachen Schleifgeräuschen geweckt. In der Dunkelheit einen Schritt vor den anderen setzend, die Arme nach vorne ausgestreckt, stieß sie wenig später auf die Quelle des Geräusches. Etwas Kaltes verursachte einen mittleren Schmerz an ihrem rechten Oberschenkel, knapp oberhalb des rechten Knies. Sie wich einen Schritt zurück und begann anschließend mit den Händen vorsichtig in Richtung der Kollision zu tasten. Erfreut nahm sie zur Kenntnis, dass die Liege den Zusammenstoß verursacht hatte. Wenig später lag sie auf der Pritsche, nach links zusammengerollt, in Blickrichtung Wand. Die Gedanken rotierten in ihrem Kopf und ließen sie keine Ruhe finden. 'Was sollte die daran hindern mich jetzt um zu bringen? Immerhin bin ich ein Risiko für diese Leute. Es müssen Ortsansässige sein oder zumindest müssen sie mit Ortsansässigen in Kontakt stehen. Oder hat sie meine Internetseite hierher gelockt oder Sebastian? Auch meine Mädchen könnten dahinter stecken. Wenn ich hier lebend raus komme, werde ich der Wahrheit auf den Grund gehen, aber ich muss extrem vorsichtig sein, um keinen von ihnen mit meinem Argwohn zu warnen, indem ich sie alle wie Verdächtige behandele. Bei wem soll ich anfangen und wie? Konkretes Fragen wäre purer Unsinn, und wenn es nach deren Verhalten geht, ist mir keiner auch nur ansatzweise verdächtig. Was für eine Scheiße, warum muss ausgerechnet mir so was widerfahren. Verdammt!' Auf der gedanklichen Suche nach Antworten zu ihren Fragen übermannte sie irgendwann die Müdigkeit.

Das plätschern von Wellen drang durch Sandras Ohren in ihr Bewusstsein, als sie die Augen öffnete. Sie lag auf dem Rücken, sah zuerst in den Himmel, der zögerlich einen neuen Tag ankündigte, dann drehte sie ihren Kopf in Richtung des nur wenige Meter entfernten Schwarzen Meeres. Benommen, wie nach einer durchzechten Nacht, richtete sie sich mühsam auf. Etwas entfernt hatten sich einige Möwen versammelt und zerstreuten sich eilig, nachdem Sandra aufrecht saß und sie ansah. In westlicher Richtung mehrere Kilometer weiter machte sie die großen Hotels von Varna aus. Sie sah sich um, konnte aber weit und breit keinen Menschen entdecken. Neben ihr lag die Handtasche mit der sie zum Abendessen gegangen war. Sie prüfte zuerst das Äußere, dann den Inhalt. Erstaunt holte sie ihre sowie Bastis Brieftasche daraus hervor. Weder Ausweise noch Bankkarten fehlten. Nicht mal das Bargeld, dessen Betrag allerdings auch nicht wirklich nennenswert war, hatten die Entführer behalten. Vermutlich deshalb, um den Opfern den Weg zu Behörden und Polizei zu ersparen. Sandra schnaubte verächtlich, legte die Tasche zur Seite und prüfte ihre Montur. Abgesehen von ein paar kleinen Flecken und Sand, war ihr Kleid unversehrt. Die Unterwäsche machte nicht den Eindruck, als ob sich jemand ohne ihr Wissen daran zu schaffen gemacht hatte. Da sie noch immer alleine am Strand war, entschied sie sich, ein reinigendes Bad im Meer zu nehmen. Nachdem sie alle Hüllen abgelegt hatte, watete sie ins Meer, bis das Wasser die Hälfte ihrer Oberschenkel bedeckte, dann hielt sie inne. Mit den Fingern der rechten Hand untersuchte sie ihren Schoß nach Hinweisen auf ungebetenen Besuch in diesem Bereich. Sie wurde nicht fündig und konnte auch keine fremden Gerüche an ihren Fingern ausmachen, nachdem sie diese zur Nase geführt hatte. Entspannt ausatmend ließ sie sich ins Wasser gleiten, um sich dennoch sorgfältig in ihrer Mitte zu reinigen. Anschließend schwamm sie noch einige Minuten. Aus den Fluten steigend, fühlte sie verstärkt, durch die aufgehende Sonne und den blauen Himmel, neue Lebenskraft in sich wachsen. Um sich zu trocknen und warm zu werden, joggte sie am Strand circa 200 Meter und zurück, bevor sie ihr Kleid überzog. Die Unterwäsche ließ Sandra am Strand zurück, als sie sich auf den Weg machte, um das Haus zu erreichen, welches man ihr wegnehmen wollte.

Freitagmorgen, 8:00 Uhr. Der Duft von frischem Kaffee erfüllte die Wohnküche im Erdgeschoss des Massagesalons. Svetlana und Yelina saßen gemeinsam mit Sebastian am Tisch und lauschten seinen Ausführungen. Nachdem er die beiden über die Geschehnisse informiert hatte sagte er: »Gleich nach dem Frühstück werde ich zur Polizei fahren.« Nicht viel später kündigte die Tür des Haupteinganges akustisch an, dass jemand in das Haus gekommen war. Basti schnellte so eilig von seinem Stuhl hoch, dass der Tisch dabei heftig erschüttert wurde. »Verdammt wo warst du?«, rief er, während er zügig auf Sandra zulief. »Gleich erzähle ich dir alles«, sagte sie mit feuchten Augen, als er, vor ihr zum stehen gekommen war. Nach einer innigen Umarmung mit vielen Küssen, folgte sie ihm in die Küche.

»Wie sollen wir vorgehen?«, fragte er Sandra, nachdem sie sich gegenseitig über die Lage informiert hatten. »Das sind sehr gefährliche Leute! Die Tatsache, dass sie dich nackt im Hotel zurückgelassen haben, betrachte ich als Teil der Drohung. Wir könnten zur Polizei gehen sicher, aber die kann uns nicht immer und für alle Zeiten schützen. Irgendwann müssen oder wollen wir garantiert das Haus verlassen, zum Einkaufen oder einfach, um nicht hier eingesperrt zu sein. Es ist wohl besser, wenn wir das Feld räumen!« Den

Plan ihren Besitz zurück zu erobern hatte sie nicht ernstlich aufgegeben, jedoch traute sie keinem. Sebastian konnte mit denen unter einer Decke stecken und die Geschichte mit ihm im Hotel, war möglicherweise inszeniert, damit er sich nicht verdächtig macht. Basti legte seine Arme auf die Lehnen seines Küchenstuhls, den Kopf ins Genick und atmete mehrmals tief ein und aus. Dann sah er Svetlana und Yelina nachdenklich an und fragte: »Und was sagt ihr dazu?« Yelina und ihre Schwester saßen wie versteinert am Tisch. Schließlich antwortete Svetlana: »Das ist eine üble Sache, aber Sandra hat recht, wenn sie vorsichtig ist! Es ist hier nicht wie in Deutschland, es gibt jede Menge Typen die eine Waffe besitzen und auch bereit sind, Gebrauch davon zu machen. Der einzige Anhaltspunkt ist die Frau aus Braunschweig, wenn sie überhaupt von da kommt, was nicht sehr wahrscheinlich ist. Ich denke, dass ich im Namen meiner Schwester und dem von Liljana spreche, wenn ich sage, es ist ein Schock für uns. Bedauerlicherweise müssen wir uns nach einer neuen Möglichkeit, unseren Lebensunterhalt zu verdienen, umsehen. Wenigstens seid ihr noch am Leben. Da wir alle noch relativ jung sind, finde ich, wir sollten nach vorne schauen und das Beste daraus machen.« »Ich meine wir sind uns einig, ab sofort schließen wir und bringen unsere persönlichen Sachen in Sicherheit. Bis zum letzten Tag der Frist will ich nicht warten. Da ich momentan hier keine Alternativen habe, werde ich zurück nach Deutschland gehen. Sebastian wird wohl meinem Beispiel folgen, nehme ich an«, sagte Sandra abgeklärt, wobei ihre Blicke an Basti haften blieben, nachdem sie ausgesprochen hatte. Er nickte. »Was soll ich alleine in Varna. Die Saison ist eh vorbei und in irgendeiner kleinen ungemütlichen Wohnung, will ich hier nicht einsam überwintern. Sandra schniefte. »Also gut, dann lasst uns keine Zeit verlieren! Yelina du informierst bitte Liljana!« Damit erhob sie sich und trug ihr Geschirr zur Spüle. Sebastian folgte ihr nach oben in ihre Wohnung.

»Hey!«, rief er, nachdem er die Wohnungstür hinter sich geschlossen hatte. Sie drehte sich um und fragte: »Was ist?« Er ging die drei Schritte zu ihr, nahm sie in die Arme und flüsterte: »Das wird schon wieder!« Seine sanften Küsse begannen auf ihrer Stirn und suchten sich langsam den Weg abwärts zu ihrem Mund. »Mir ist jetzt nicht danach. Ich brauche erst mal ein bis zwei Stunden Schlaf«, vertröstete sie ihn, ihre Hände zeitgleich tätschelnd auf seinem Hinterteil. »Ja du hast Recht! Meine Ruhe war auch zu wenig, letzte Nacht!«

Sandra erwachte vor Basti. Die Uhr auf dem Nachttisch zeigte 13:25. Sie nahm Sebastians linken Arm, der auf ihrem Bauch lag, und schob ihn vorsichtig beiseite, ohne ihn zu wecken. Im Anschluss, schlich sie sich in die Küche ihrer Wohnung und füllte sich ein Glas mit Pfirsichsaft. Nachdem ihr Durst gelöscht war, suchte sie die Toilette auf, um ihre Blase zu entleeren, spülte aber nicht, um Basti nicht zu wecken. Danach begab sie sich Barfuß, mit einem Stift und einem Notizblock auf den Balkon. Der Wind spielte ab und an mit ihren offenen Haaren und dem Saum ihres kurzen vanille-cremefarbenen Nachthemdes, dass sie noch immer trug. Auf dem Rattansofa des Balkons, mit ausgestreckten Beinen sitzend, begann sie in Stichpunkten fest zu halten, was alles verpackt und nach Deutschland transportiert werden sollte.

Geräusche aus dem inneren der Wohnung, kündeten von Sebastians erwachen und die Klospülung von seinen Bedürfnissen. Sandra legte ihren Block samt Stift auf den nicht weit entfernten Tisch und rief: »Basti ... ... Basti, bring mir doch ein Glas Saft mit, wenn du auf den Balkon kommst!« »Okay, mach ich«, tönte es aus der Wohnung. Sebastian öffnete den Kühlschrank und entdeckte die geöffnete Flasche Pfirsichnektar. Er füllte ein 0.3-l-Glas zur Hälfte damit und ließ die restliche Luft mit Sekt aus dem Trinkgefäß. Sorgfältig mischte er mit einem langen Plastiklöffel den Inhalt. Sich selbst kreierte er einen Gin-Tonic, bei dem der Gin dominierte. Nur mit seinen grauen baumwoll Boxershorts bekleidet, servierte er die Getränke, auf dem zu den übrigen Möbeln passenden Rattantisch mit Glasplatte. Das Saft-Sekt-Gemisch gab er Sandra anschließend in die Hand, bevor er sich in einen Sessel, ihr gegenüber auf der anderen Seite des Tisches fallen ließ. »Zum Wohl!«, stieß er, mit in der rechten Hand erhobenem Glas aus, kaum das er saß, und führte sogleich seinen Drink zum Mund, um einen kräftigen Zug zu nehmen. »Cheers!«, erwiderte Sandra und setzte zum trinken an, nippte aber nur an der Flüssigkeit und beobachtete Basti dabei aus den Augenwinkeln. Ihm wurde der Hintergrund ihrer verhaltenen Aktion nicht bewusst, denn seine Blicke wanderten prüfend über ihren, inzwischen auf dem Sofa ausgestreckten Körper. Genüsslich registrierte sie das Verlangen in seinen Blicken. 'Ach was, weshalb sollte er mir jetzt noch was in meinen Drink mischen. Die Hütte ist erst mal weg und davon abgesehen war er vermutlich ohnehin nicht aktiv an der Aktion beteiligt, mein Softie.' Überlegte sie, bevor sie das halbe Glas in einem Zug leerte und dann auf den Tisch stellte. »Du Basti, könntest du mir ein wenig die Füße massieren? Die sind etwas mitgenommen, weil ich, seit ich am Strand aufgewacht bin, keine Schuhe mehr getragen habe«, säuselte Sandra Mitleid erweckend. Eine Minute später saß Sebastian auf der Couch und ihre Füße lagen auf seinem Schoß. Willig, knetete und strich er abwechselnd von ihren Zehen bis zu den Fersen, die Unterschenkel hinauf und zurück. »Ahh jaa, so ist es gut«, pries sie ihn, wobei sie ihren Kopf zurück legte und die Augen schloss. Sie ertastete die Veränderung in der Mitte seines Körpers mit ihrem linken Unterschenkel, während er sich um ihr rechtes Bein kümmerte. Um sein Verhalten zu testen, stellte sie sich zwanzig Minuten nach Beginn seiner Aktion schlafend. Seine Bewegungen wurden langsamer und gingen in ein Sanftes, kaum Merkliches spielen mit den Zehen, ihrer nun dicht nebeneinander liegenden Füße über. Nach einem sehnsüchtigen Blick auf ihr Zentrum, griff er nach seinem Glas. Einen kleinen Schluck später stellte er es wieder an seinen Platz und dachte: 'Verflixt wie soll das jetzt weiter gehen? Was soll ich in Nürnberg machen? Wieder als Webdesigner arbeiten? Den meisten ist vermutlich noch nicht mal aufgefallen, dass ich weg war. So gesehen wäre es ohne Probleme machbar. Die Perspektive in dem Business ist aber eher düster, was die Marktsituation angeht. Ich könnte das Weib suchen, das uns aufs Kreuz gelegt hat. Das wird aber eine kostspielige Angelegenheit. Die könnte überall sein, nur nicht in Braunschweig. Da hat Svetlana Recht. Jetzt wo wir die EU haben, wäre es gut denkbar, dass sie irgendwo am Mittelmeer ist und einen darauf trinkt, dass sie uns ausgenommen hat und sich dabei kaputt lacht.'

'Ob mich Sandra und Sebastian suchen werden? Na ja, ausschließen kann man es nicht, aber sie haben kaum Anhaltspunkte. Was wissen sie schon von mir? Nur was ich ihnen erzählt habe und das war erfunden. Meine Güte Carmen, du dumme Nuss, warum musstest du dich auch so in Schwierigkeiten bringen und es vor laufender Kamera mit diesen Typen treiben? Es ist nun mal geschehen. Ich bin halt jung und da macht man eben seine Fehler. Wenn Tiberius, Mihai und Iwan nicht so gut ausgesehen hätten, und ich nicht so betrunken gewesen wäre, wäre es bestimmt auch nicht so weit gekommen. Als Mihai seine Kamera ausgepackt und auf ein Stativ gestellt hat, fand ich es sogar gut. Denn er versprach mir, dass es ein persönliches Urlaubsvideo für mich werden sollte. Konnte ich denn ahnen, dass er mich damit unter Druck setzen würde, indem er mir drohte, das Video als Porno in die Läden zu bringen und im Internet zu veröffentlichen? Dummerweise hatte ich im Suff dieses Papier unterschrieben, womit ich bestätigt habe, dass alles mit meiner Zustimmung geschieht. Iwan sagte, dass sie sich mit dem Papier absichern wollten, damit ich ihnen nicht irgendwann Ärger machen würde, für ihr Entgegenkommen, nach dem Motto, sie hätten mich dazu genötigt oder so etwas in der Richtung. Gezwungen hatten sie mich tatsächlich nicht. Wir haben uns in einer Bar nett unterhalten. Irgendwann wusste ich, dass ich es am liebsten mit allen Dreien treiben würde, nicht viel später sind wir dann in die Wohnung von Mihai gefahren. Tiberius brachte mich so in Fahrt, dass ich gar nicht mehr groß darüber nachdachte, was ich unterschrieb. Ganz Unrecht haben sie ja nun auch wieder nicht. In der Tat hat es schon Mädels gegeben, die Männer ermuntert haben es mit ihnen zu tun, um im Nachhinein was anderes zu behaupten und die Typen damit in große Schwierigkeiten zu bringen', dachte Carmen alias Melanie auf dem Weg zum Fughafen Varna.

Langsam schlenderte sie durch die Flughafenhalle, um sich zu informieren, wo sie einchecken musste. Es waren noch fast zwei Stunden Zeit, bis zum Start ihres Fliegers zurück nach Berlin. Sie gab ihr Gepäck auf. An einem Verkaufsstand, versorgte sie sich danach mit einem durchgeweichten Salamibaguette und einer namenlosen Cola. Nachdem Carmen beides intus hatte, passierte sie die Sicherheitskontrollen. Die Duty-free-Shops sorgten für etwas Zerstreuung bei ihr. Schließlich suchte sich Carmen einen Fensterplatz in der Wartehalle, setzte sich und sah aufs Rollfeld, dabei kehrten ihre Gedanken zurück. 'Vielleicht hätte ich doch zur Polizei gehen sollen. Wenn die, der Sandra und ihrem Freund was antun, könnte ich wegen Beihilfe belangt werden. Na wer weiß, mir hat der Mihai

jedenfalls dieses unsägliche Schriftstück zurückgegeben und behauptet, das Video sei gelöscht, als ich das Zimmer mit den beiden Schlafenden verließ. Das deutet daraufhin, dass er sein Wort hält und mir hat er schließlich die körperliche Unversehrtheit der beiden zugesichert. Die Aktion ist ja nun auch schon gut 40 Stunden her und die Medien haben nichts gemeldet, was einen Bezug dazu hat. Ich werde trotzdem von zu Hause aus noch ein wenig die Varna lokal Nachrichten im Internet verfolgen. Was hätte ich der Polizei auch sagen sollen? Ich bin ein mannstolles Weib, das gerne mal kräftig über den Durst trinkt, sich dann mit mehreren Männern gleichzeitig vergnügt und sich dabei auch noch filmen lässt? Und die andere Alternative? Das Video würde im Internet kursieren, hi hi. Das könnte sich als Nachteil bei der Jobsuche nach dem Studium erweisen. Gut vielleicht nicht in jedem Fall, wenn mein potenzieller Chef einer dieser unersättlichen Hengste wäre, dann …
Früher oder später wurde mir aber garantiert irgendein Neider versuchen einen Strick daraus zu drehen, wenn nicht gleich, dann irgendwann. Es war bestimmt die richtige Entscheidung.'

7

»Wie bist du überhaupt auf den Massagesalon gekommen?«, wollte Tiberius von Mihai wissen. Die beiden saßen am späten Freitagnachmittag ohne Iwan in einem Straßencafé in der Nähe des Hafens. »Das war Zufall. Am Montagvormittag lief ich am Strand in der Nähe der Hotels entlang. Da saß dieser nordische Typ, den ich zuvor noch nie gesehen hatte, in einem Klappstuhl und bot sich als Tourguide an. Mich interessierte womit er hier Geld zu verdienen gedenkt. Im Verlauf unseres kurzen Gesprächs wurde mir schnell klar, dass er sich wohl falsche Vorstellungen über die realen Möglichkeiten macht, mit so einem Geschäft, hier über die Runden zu kommen. Als ich seinen Flyer mit den Augen schnell checkte, fand ich die Adresse von dem Massagesalon. Vom Strand zurück, setzte ich mich ins Auto und fuhr dorthin. Das Haus machte einen ordentlichen Eindruck, so stellte ich meinen Wagen in der Nähe ab, ging zur Tür des Salons und klingelte. Yelina eine hübsche junge Frau, bat mich hinein. Der Gedanke mich von ihr massieren zu lassen gefiel mir zusehends. So legte ich die 60 Leva für eine Stunde

Standardprogramm auf den Tisch und ließ es mir gut gehen. Während Yelina mich mit ihren Händen verwöhnte, horchte ich sie unauffällig über das Geschäft aus. Nachdem ich erfahren hatte, dass ihre Chefin Deutsche ist und noch nicht endlos lange in Bulgarien, fragte ich mich, wieso ich nicht so einen Laden habe. Als ich wieder in meinem Auto saß, fiel mir außerdem etwas Wichtiges zu dieser Gegend ein, wie ein Déjà-vu wirkte der Anblick von zwei Felsbrocken im Garten des Massagesalons. Die Gesteinsbrocken ragten mit circa 1m Abstand, überwuchert von einer uralten Eibe aus dem Boden. Bei einer Recherche zu einem Film über die Römerzeit in Varna, las ich vor längerer Zeit, dass in dem Gebiet der Legende nach der Freund eines römischen Stadthalters einen Schatz versteckt haben soll, der bis heute nicht gefunden wurde. Das könnte daran liegen, dass es tatsächlich nur eine Legende ist und in Wahrheit kein Schatz existiert. Eine Restchance, dass der Schatz doch vorhanden ist, besteht aber immer noch. So kam mir die Idee, das Haus mit dem Salon in meinen Besitz zu bringen. Als ich überlegte, wie ich das bewerkstelligen könnte, erinnerte ich mich an Carmen und das Video. Als angehende Ärztin sollte sie ja wissen wie man Personen betäubt, sodass sie wieder aufwachen. Also rief ich sie von einem öffentlichen Telefon aus an und sagte ihr, dass ich ihre Hilfe brauche. Nachdem ich ihr angedeutet hatte, worum es geht, lehnte sie ab. Da hab ich sie an das Video und den Vertrag erinnert und gesagt, dass sie mir besser hilft, wenn sie nicht vorhat, als Pornostar Karriere zu machen.« Tiberius kratzte sich mit der rechten Hand am Hals, sah seinen Bruder Mihai an, dann sagte er: »Es ist perfekt gelaufen, zumindest sieht es im Augenblick so aus. Ich bin nur unschlüssig, ob du den Keller, wo du Sandra festgehalten hast, seinerzeit wirklich als Filmkulisse eingerichtet hast oder schon immer so ein Ding drehen wolltest.«

Mihai schüttelte seinen Kopf. »Nein ehrlich, ich wollte wirklich professionelle Filme drehen. So eine große Investition war das nicht mit dem Keller, hab ich alles selbst gemacht. Er sollte als Kulisse für einen Horrorfilm mit einem verschrobenen Kerl dienen, der durch verunreinigte Lebensmittel einen Dachschaden bekommen hatte. In seinen hellen Momenten sann er auf Rache für sein zerstörtes Leben und entführte die, welche nach seiner Meinung die Schuld an seinem Elend trugen, um ihnen in diesem Keller Geständnisse zu entlocken. Leider habe ich bis jetzt keine zahlungskräftigen Sponsoren für mein Filmprojekt gefunden.«

Tiberius lachte bitter. »Na hoffentlich bist du nicht selbst der verschrobene Kerl mit dem Dachschaden! Aber gut jetzt mal im Ernst. Du hast die Sandra alleine aus dem Hotel geschafft, mit einem Servicewagen für Bettwäsche. Als Frau verkleidet hast du den Wagen in einen Transporter an der Laderampe geschoben und sie so in das alte unbewohnte Haus geschafft. Auch von dem Keller in diesem Haus zum Strand, hast du sie alleine transportiert. Warum zum Geier erzählst du mir das alles überhaupt? Scheiße, ich meine ich bin dein Bruder, aber es ist was anderes eine Braut ab zu schleppen und einen Film zu drehen, wie man sich mit ihr vergnügt, als jemanden zu entführen und zu erpressen. Genau genommen müsste ich zur Polizei gehen und dich anzeigen. Auf der anderen Seite kann ich aber auch leugnen davon gewusst zu haben.« Mihai wirkte ruhig und gelassen. »Ich dachte vielleicht können wir uns zusammentun und ein Geschäft aufbauen.« »Im Prinzip ja, aber die Umstände gefallen mir nicht so recht«, wehrte Tiberius ab. »Im Normalfall nimmt man einen Kredit, wenn man ein Geschäft aufmachen will und raubt nicht andere Leute aus!«, fügte er noch entschlossen hinzu. »Ist schon klar. Ich weiß auch nicht, warum mich die Idee schlagartig so faszinierte, dass ich sie durchzog. Also ich würde das Grundstück gerne unter die Lupe nehmen, bezüglich des Schatzes. Wenn ich nichts finde, wären die Investitionen z.B. für einen Kredit in den Sand gesetzt. Würde ich mit Erlaubnis der ehemaligen Besitzerin auf die Suche gehen, müsste ich ihr den größten Teil von dem was ich finde, wenn nicht alles, abgeben. Darüber hinaus, könnte sie mir auch komplett verweigern dort zu suchen, um der Sache selbst auf den Grund zu gehen.« »Du willst also, dass ich dir suchen helfe. Aber was macht dich so zuversichtlich, dass wir dort fündig werden? Ich denke mal, die Geschichtsbücher haben bestimmt schon sehr viele in den Händen gehabt. Auch sehr viele, die nicht abgeneigt wären, einen Schatz zu besitzen«, erwiderte Tiberius deutlich ruhiger. »Ja sicher werden sich schon Leute dafür interessiert haben. Das bisher keiner was gefunden hat, könnte daran liegen, dass mit unpassenden Vorstellungen gesucht wurde oder/und an der falschen

Stelle. Ich denke die zwei Felsbrocken unter der Eibe könnten ein Hinweis sein. In der Literatur, die mir zugänglich war, ist kein genauer Platz für den Schatz angegeben, nur der Hinweis, dass er in der Nähe des Stadtzentrums verborgen sein soll. In einer anderen Literaturquelle zu dem Freund des römischen Stadthalters, gab es folgende Passage. "Die Augen des Wächters sind gen Himmel gerichtet und sehen weder Sonne noch Sterne. Das Einzige, was sich ihnen offenbart ist der Tod." Als ich es vor langer Zeit gelesen habe, dachte ich, es geht um irgendeinen Aufseher für Sklaven oder Verbrecher, welcher nach seinem Gott Ausschau hält, der sich ihm jedoch nicht zu erkennen geben will. Nun die Augen des Wächters könnten die zwei Gesteinsbrocken unter der Eibe sein. Wären es tatsächlich Augen, würde ihnen die giftige Eibe die Sicht nach oben versperren. Die Umstände wie ich dorthin gekommen bin und dieser eigenartige Flashback hat mir möglicherweise die Energie gegeben, diese Sache durch zu ziehen.« Mihai bestellte eine neue Runde, ein Herrengedeck für seinen Bruder und sich selbst. Tiberius sah seinen Bruder mit wachsender Neugier an. »Hast du dich an Sandra vergriffen, als sie in deiner Gewalt war?« »Nein, nein, noch nicht mal ansatzweise!«, antwortete Mihai unverzüglich, entrüstet und mit fester Stimme, wobei er seinem Bruder fest in die Augen sah. In dem Moment wechselte die Bedienung, die leeren Gläser auf dem Tisch gegen volle aus. Die Kellnerin hatte sich bereits wieder entfernt, als Tiberius sagte: »Das war dein Glück alter, sonst hätte ich nie wieder ein Wort mit dir gewechselt! Also zum Wohl!« Sie stießen an und tranken zügig. Im Anschluss wischte sich Tiberius mit dem linken Handrücken den Mund ab und sagte: »In mir keimt die Hoffnung, dass du kein restlos durchgeknallter Psychopath bist. Für Minuten war ich in der Hölle, denn ich dachte in deinem Hirn zirkuliert eine gefährliche Art von Wahnsinn und ich müsste dich möglicherweise erlösen. Diese Geschichte aber mit dem Déjà-vu, dass du Sandra im Rahmen der Bedingungen anständig behandelt hast und sonst noch niemanden in dem Keller hattest, rettet deine Haut!« Mihai wurde kreidebleich und hob die rechte Hand, um die Bedienung zu rufen. Tiberius genoss die Überbleibsel in seinen Gläsern und zeitgleich die Gesichtsfarbe seines Bruders. »Was darf es sein?«, erkundigte sich die junge schlanke Bedienung mit den knallroten Lippen und den wasserstoffblonden halblangen glatten Haaren. »Jack Daniels,

Black Label, zwei doppelte«, orderte Mihai tonlos. Tiberius nickte, während er der Serviererin nachsah.

»Du würdest es fertigbringen, mich kalt zu machen, mich, deinen einzigen Bruder?«, fragte Mihai mit wissbegierigem Augenaufschlag an Tiberius gewandt. Tiberius umspielte mit der Zunge sichtlich im geschlossenen Mund sein Zahnfleisch. Plötzlich wurde er ruhig, sah seinen Bruder mit glasigen Augen an und sagte: »Ja, wenn ich mir sicher wäre, zweifelsfrei ein Monster hinter deinen Augen zu erkennen. Wenn ich es tun würde, wäre es auf jeden Fall besser für dich! Dasselbe würde ich auch von dir erwarten, wenn ich in einem Zustand leben würde, den ich nicht mehr unter Kontrolle habe.« Mihai lachte in sich hinein, wobei Luft stoßweise, geräuschvoll seiner Nase entströmte und ruckelte seinen Stuhl zurecht. »Ich wusste gar nicht, dass du so radikale Ansichten hast. Da wir aber gerade beim Thema sind, meinst du mit deiner Äußerung auch andere spezielle Krankheiten, die nicht viel mit der Psyche zu tun haben?« »Sehr scharfsinnig! Die Vorstellung, eines Tages für immer auf die Hilfe anderer angewiesen zu sein, ist mir absolut zu wieder!«, bestätigte Tiberius die Vermutung seines Bruders und fuhr fort: »Aber zurück zu deinem neuen Haus. Wenn du wirklich davon überzeugt bist, dass es die Aktion deines Lebens wird, dann führe es halt zu Ende. Es wäre ja nicht der erste Schatz, der im Raum Varna gefunden wurde. Extrem leichtgläubig bin ich zwar nicht, aber diese Augenblicke, in denen sich innerhalb weniger Sekunden ein Mosaik zusammenfügt, dass ein erstaunliches Bild ergibt, sind nicht ausgeschlossen.«

Ein kühler trüber Samstag an der Schwelle zur zweiten Oktoberhälfte, begrüßte Sandra und Sebastian bei der Ankunft am Nürnberger Flughafen. Einrichtungsgegenstände des Massagesalons von Wert, hatten sie in einem großen Container verstaut, diesen aber erst mal auf einem bewachten Gelände in der Nähe des Hafens von Varna untergestellt. Zu Basti hatte Sandra gesagt, dass sie von Deutschland aus einen günstigen Spediteur suchen wird, da sie vorher noch einen geeigneten Platz für die ganzen Gegenstände suchen muss, weil sie nicht alles in ihrem Haus in Nürnberg unterbringen könnte. In Wahrheit zielte sie darauf ab, ihren Besitz so schnell wie möglich zurück zu erobern. Aus diesem Grund sollte der Container auch gleich in Varna bleiben.

Es war zehn Minuten vor drei Uhr Nachmittags, als Sandra die Tür zu ihrem Haus öffnete. Basti stand noch mit dem Gepäck auf dem Bürgersteig, als der Taxifahrer sich entfernte. Vorsichtig ging sie hinein, während Sebastian nach und nach das Gepäck zur Eingangstür und dann in den Flur brachte. Ohne Gepäck folgte er ihr ins Innere des Eigenheims. Gemeinsam inspizierten sie die Räume und stellten erfreut fest, dass es wohl zwischenzeitlich keine ungebetenen Gäste gegeben hatte. Das große Fenster zur Veranda öffnete Basti, um die abgestandene Luft auszutauschen. Dann begab er sich in die Küche, um nach seiner Liebsten zu sehen. Die war damit beschäftigt Kaffee an zu setzen. »Kann ich dir was helfen?«, erkundigte er sich hinter ihr stehend. »Nicht hier, aber du kannst anfangen die Koffer auszupacken, wenn du dich langweilst!«, erwiderte sie mit beginnender Müdigkeit in der Stimme und einem bemühten Lächeln. 'Was heißt langweilen? Langeweile ist ein anderes Gefühl', dachte er auf dem Weg zum Gepäck im Flur. Sie hatte das Terrassenfenster geschlossen und die Heizung eingeschaltet. Vor ihr auf dem Couchtisch, standen zwei große Kaffeetassen und eine große runde Blechdose mit Waffeln und Keksen.

»Die gebrauchte Wäsche habe ich gleich in die Waschmaschine gesteckt« sagte er, wobei er sich neben sie auf das Sofa setzte und die unberührte Tasse griff. Zwei Kekse später, als er die Krümel mit einem Schluck des Muntermachers hinuntergespült hatte, ließ er sich mit dem Rücken nach hinten fallen. Seine Tasse hielt er dabei fest in der rechten Hand. »Wir müssen noch was zu Essen besorgen, fürs Wochenende«, sagte sie zu Basti aufsehend, nachdem sie sich an seine linke Seite gekuschelt hatte. »Ja genau, zuerst sollten wir aber was anderes Besorgen«, entgegnete er, stellte seine Tasse auf den Tisch und begann sein Sweatshirt auszuziehen. Ihr Blick verriet ihm, dass sie seiner Meinung war.

Es war sechs Minuten nach 19 Uhr, als Sebastian und seine Partnerin einen Einkaufswagen abwechselnd durch die Regale eines Netto-Marktes schoben. Ihre Müdigkeit hatten sie überwunden und gegen gute Laune gewechselt. Mit zwei vollen Einkaufstüten, liefen sie fünfundzwanzig Minuten später zu einem Mercedes A200, der Sandra gehörte und auf dem Parkplatz des Discounters auf die beiden wartete. In mehreren Metern Entfernung zu ihrem Wagen, kreuzte ein älterer Mann ihren Weg. Plötzlich riss die Einkaufstüte des Fremden und das Geräusch von brechendem Glas würde hörbar. Gleich darauf hockte er auf dem Asphalt und sammelte die Scherben einer Flasche zusammen. Dann beugte er sich so weit nach unten, dass seine Nase fast den Boden berührte. Nachdem er einige Minuten in seiner Haltung verharrte, ging Sandra auf ihn zu. Begab sich in die Hocke und fragte ihn, ob ihm schlecht geworden sei. Verwirrt und mit Tränen in den Augen sah er sie an. »Nein, ich wollte nur wenigstens noch mal an dem guten Weinbrand riechen, wenn ich schon sonst nichts mehr davon habe«, antwortete er. Sandra wusste nicht, ob sie lachen oder weinen sollte. »Machen Sie sich nicht verrückt, der Laden hat noch ein paar Minuten offen. Sie schaffen es noch eine neue Flasche zu kaufen, wenn Sie sich beeilen«, versuchte sie ihn zu trösten. »Ja, das ginge, wenn ich genügend Geld bei mir hätte, dass habe ich aber nicht. Heute Abend kommt mein Sohn zu Besuch, wir haben uns sehr lange nicht mehr gesehen und nun kann ich ihm nicht mal einen guten Schnaps anbieten«, jammerte der Alte. Sandra stand auf, gab Basti ihre Einkaufstüte und griff sich ihre Geldbörse. Von oben hielt sie dem fremden Mann einen zwanzig Euro Schein entgegen und sagte: »Nehmen Sie, falls wir uns hier wiedermal zufällig beim Einkaufen treffen, können Sie es mir ja zurückgeben.« Zögerlich nahm der Alte den Geldschein an, bedankte sich vielmals und wünschte alles Gute. Im Anschluss machten sich Sebastian und seine Freundin daran, ihren Einkauf im Heck ihres Fahrzeugs zu verstauen. Da sie schon oft, lange unterwegs gewesen war, hatte sie vorgesorgt und die Batterie des Fahrzeugs vor ihrer Abreise an ein spezielles Erhaltungsladegerät angeschlossen, was bei Sebastian Worte des Lobes hervorrief. Wieder im Auto sitzend, mit dem Zündschlüssel in der Hand, sagte er: »Die Batterie ist zwar voll, das Auto sollte aber dennoch mal ein größeres Stück gefahren und auf der Autobahn richtig durchgeblasen werden, damit der Rost entfernt wird, das Öl richtig warm wird und das Kondenswasser darin verdunstet.« Sandra sah auf seine Hände, dann in sein Gesicht, schmunzelte und sagte: »Du kannst ruhig einen Umweg über die Autobahn machen, wenn du nach Hause fährst. Heute Abend werden wir ohnehin nicht ausgehen. Da ist es nicht so wichtig, wann wir ankommen.«

Bei Nürnberg-Fischbach fuhr Sebastian auf die A9, dann auf die A3 in Richtung Frankfurt. Es war wenig Verkehr und die Straße trocken, so steigerte er das Tempo des nicht mehr ganz so jungen fahrbaren Untersatzes bis auf 200 km/h und blieb auf dem Gas. »So schnell bin ich mit dem Wagen noch nie gefahren«, sagte Sandra, nachdem Basti die 200 überschritten hatte, wobei sie ihre Beine in den Fußraum stemmte. Er nahm sogleich den Fuß vom Gaspedal ein wenig zurück. »Tut mir Leid, ich wollte dich nicht ängstigen!« »So furchtsam bin ich nun auch wieder nicht, aber es ist dunkel und außerdem will ich nicht, dass mein Auto auseinander fällt, nur weil du Vollgas fahren musst. Ich habe einfach keinen Bock in Dunkelheit und Kälte auf einen Abschleppdienst zu warten.« »Ich könnte dich aber wärmen, solange wir auf den Abschleppwagen warten«, hielt er schelmisch dagegen. Sie grinste und erwiderte provokant: »Meinst du, du kriegst einen hoch bei der Kälte?« Er schürzte die Lippen und antwortete: »Du solltest nicht so an dir zweifeln!« 'Charmeur', dachte sie wohlwollend und rieb sich mit Daumen und Zeigefinger der linken Hand die Augen.

Zügig erreichten sie das Autobahnkreuz Fürth/Erlangen, dort fuhr Sebastian auf die A73 in Richtung Nürnberg auf und nach einem Stück durch die Innenstadt, in Nürnberg Zollhaus wieder ab. Problemlos erreichten sie ihr Ziel, den östlichen Rand von Nürnberg-Langwasser.

»Was willst du essen? Ofenkäse oder lieber Pizza oder beides?«, fragte Sandra, beim auspacken der Einkaufstüten, um 21 Uhr in der Küche. »Für Ofenkäse ist es mir schon zu spät. Ich meine ich mag den Käse zusammen mit Baguette und Rotwein wirklich sehr, aber er liegt mir immer solange im Magen. Schieb lieber eine Pizza in den Ofen, die mit Thunfisch, wenn es dir nichts ausmacht. Die können wir uns teilen und mit einer Flasche Wein genießen.« Während die Pizza in einem speziellen Pizzaofen garte, machten es sich Sandra und Sebastian auf dem Sofa lauschig und probierten schon mal vom roten Wein. Nach dem Essen und dem Abwasch, lagen sie aneinandergekuschelt auf dem Sofa und sahen sich einen Spielfilm an. Wenige Minuten nach Mitternacht suchten sie das Schlafzimmer auf. Es blieb beim schmusen, bis sie von der Müdigkeit übermannt wurden.

Nach einer Phase des Tiefschlafs gelangte Basti ins Reich der Träume. Sie versetzten ihn in die Zeit zurück, als er noch ein kleines Kind war und mit seinen Eltern an einem Sommertag am Dechsendorfer Weiher grillte. Als er um halb acht morgens wach wurde, konnte er sich noch sehr genau daran erinnern, was er geträumt hatte. 'Das waren noch Zeiten', dachte er beim Anziehen. 'Damals schien die Welt noch so einfach zu sein. Alles war ein großer Spielplatz, fern dem Ernst des Lebens. Die Erfahrung von Hass, Lüge und Verrat existierten zu der Zeit nur in kindlichen Maßstäben, kein Vergleich mit dem Leben als erwachsener.'

Sandra hatte das gemeinsame Nachtlager bereits verlassen. In dem kurzen roten Bademantel, den er bereits von seiner ersten Begegnung mit ihr kannte, mit einer dicken hautfarbenen Strumpfhose und Tigerpantoffeln bekleidet, bereitete sie das Frühstück vor. Während sie sich stärkten, erkundigte sich Basti: »Wie hast du geschlafen? Ich meine wir sind spät zu Bett gegangen und du warst schon so zeitig auf den Beinen.« »Eigentlich ganz gut, wenn da nicht dieser Traum gewesen wäre. Es fand so etwas wie eine Party statt, hier in meinem Haus. Es waren ein paar Freundinnen von mir anwesend und mehrere Männer, die teilweise zu den anderen Frauen gehörten. Wir haben uns unterhalten und dabei getrunken. Da ich solo war, flirtete ich mit einem der Singlemänner. Ich habe mit ihm getanzt. Etwas später bin ich mit ihm in die Küche gegangen. Dort haben wir eine Zeit lang miteinander geredet. Nach einer Weile musste ich mal die Toilette aufsuchen. Er hatte mir versprochen, in der Küche solange auf mich zu warten. Als ich wieder in die Küche kam, saß er nackt am Tisch, da wo du jetzt sitzt. Er hatte einen Teller vor sich, auf dem lag rohes Hirn. Das hat er sich mit den Fingern reingestopft. Ich hielt mir die Hand vor den Mund, um nicht zu schreien. Da registrierte er meine Anwesenheit und sah mich an, wobei er ungerührt weiter kaute. Das Blut lief an seinen Mundwinkeln hinab. Da er nichts sagte, fragte ich ihn, was das soll und wo er das Ding her hat, was er da gerade fraß. Es war mir hundertprozentig klar, dass er es nicht aus meinem Kühlschrank haben konnte. Er leckte ruhig das Blut von seinen Fingern, indem er sie nacheinander in den Mund steckte, bevor er antwortete, er habe es draußen im Garten gefunden. Ich war starr vor Schreck und spürte eine Gänsehaut am ganzen Körper. Er leckte sich über die Lippen, wobei er aufstand und sich mir näherte. Als er vor mir stand sagte er, unser ganzes Leben materialisiert sich zum großen Teil aus anderen Lebensformen, die wir töten, um selber zu leben. Die elementaren Regeln des Lebens habe ich nicht gemacht, ich folge ihnen nur, da ich lieber fresse, als zu sterben. Ich wollte schreien, aber es ging nicht, weglaufen konnte ich auch nicht. Er zog mich an sich und näherte sich im Zeitlupentempo meinen Lippen, um mich zu küssen. Um seinen Anblick nicht länger ertragen zu müssen wendete ich mein Gesicht ab. Ich fühlte seine Hände überall an mir. Als ich ihn wieder ansah, war er in demselben Zustand, den er hatte, bevor ich zur Toilette gegangen war. Da er wieder kultiviert wirkte, nahm ich meinen Mut zusammen und schob ihn weg von mir. Er sah mich verständnislos an und fragte, was ich habe. Was war das eben für eine Show?, fragte ich ihn empört. Er sah erst nach oben, dann zu mir, dabei erfasste ein eigenartiges Mienenspiel sein Gesicht und dann fragte er mich, ob denn nicht alles Show sei. Ich wendete mich kommentarlos von ihm ab und lief zu den anderen. Im laufen bin ich gestolpert und hingefallen, da wurde ich wach.« Sebastian goss sich nochmal Kaffe nach und sagte: »So was träumt man nicht jeden Tag. Vielleicht bist du schwanger.« Sandra sah ihn nachdenklich an. »Dazu müsste es die Unbefleckte Empfängnis wirklich geben, denn ich nehme inzwischen regelmäßig die Pille, wie du ja weißt und davon abgesehen, ist es keineswegs üblich, dass Schwangere solche Horrorvisionen haben.« Basti rieb mit seiner rechten Hand an seinem Bauch auf und ab. »Ja üblich nicht, aber auch nicht ausgeschlossen. Es soll auch schon Fälle gegeben haben, in denen die Pille nicht gewirkt hat.« »Ich weiß, das kommt aber nur ganz, ganz selten vor. Persönlich kenne ich keine Frau, der so etwas schon passiert ist«, gab Sandra mit unsicherem Blick zurück und fuhr fort: »Wenn du aber Recht behalten solltest, werde ich einen Gentest machen lassen. Ist das Kind von dir, ist es in Ordnung. Wenn nicht, kann es nur von diesen Typen sein, die mich entführt haben. Zwar konnte ich keine Anzeichen finden, dass mich jemand benutzt hat, während ich ohne Bewusstsein war, aber das muss nichts heißen. Es könnte ja irgendein durchgeknallter Zwerg, der nach der Weltherrschaft strebt, versuchen seine Gene mit meiner Hilfe zu vermehren. Mit der Annahme, dass ich sein Kind nicht wissentlich austragen würde, läge er 100% richtig. Um zu verhindern, dass ich abtreibe, könnte er eine Pipette oder so was in mich reingeschoben haben, um keine Spuren zu hinterlassen. Ganz nach dem Motto, was sie nicht weiß, macht sie nicht heiß!«

Sebastian war es bei dem Gedanken, an einen oder mehrere geile Zwerge nach Lachen zumute, aber in Anbetracht der Tatsache, dass seine Freundin wirklich entführt worden war, verkniff er es sich und sagte: »Vielleicht waren die Typen nicht ganz so extrem, dennoch ist es besser, umsichtig zu sein. Da die Entführer dich nicht missbraucht haben, sind sie möglicherweise schwul oder … , es waren Frauen.« Sandra schmunzelte. »Es wäre auch möglich, dass sie einfach keine Spuren hinterlassen wollten. Heutzutage gibt es ja diverse Möglichkeiten der Blut- und Genanalyse.« »Ja schon, aber wenn die in dein Haus in Varna einziehen, ist es ja ohnehin klar wer sie sind.« »Sicher, der Punkt ist nur, ich kann ihnen nicht beweisen, dass ich gezwungen wurde, den Vertrag zu unterschreiben. Würde ich hypothetisch schwanger von einem dieser Leute, kämen damit viele Fragen auf. Warum ich das Haus verkauft habe, obwohl ich in Begriff war Nachwuchs zu bekommen und so was in der Art. Darüber hinaus müssten sie allerdings auch Unterhalt zahlen.« Basti sah sie Nachdenklich an. »Denkst du darüber nach deinen Besitz zurück zu erobern?« Seine Partnerin lehnte sich zurück, fuhr mit der rechten Hand durch ihr Haar am Hinterkopf. »Bis jetzt habe ich noch keine konkreten Vorstellungen, wie es in der Sache weitergehen soll.« Dabei dachte sie daran, dass sie zu allererst eine Prüfung für Sebastians Loyalität ersinnen musste. Ihr Plan zum Zeitpunkt sah vor, am nächsten Tag Erkundigungen über ihren Freund einzuholen. Speziell ging es ihr darum, herauszufinden, ob er vorbestraft ist und ob er Schulden hatte, bevor er mit ihr zusammen kam. Im Weiteren wollte sie sich mit Julia, seiner Ex-Freundin in Verbindung setzen, um zu erfahren, ob er während der Partnerschaft mit ihr öfters vom großen Geld schwärmte und welche Pläne er dazu eventuell hatte.

»Und wie steht es mit dir, du hast mir gesagt, dass du es wieder als Webdesigner probieren willst. Bleibt es nun dabei?« Basti seufzte tief. »Es wird mir wohl erst mal nichts anderes übrig bleiben. Wenn es nicht läuft, könnte ich es ja mal mit dem Programmieren von Apps für Mobilgeräte probieren. Ob man damit allerdings seinen Lebensunterhalt bestreiten kann, ist fraglich. Es gehört Glück dazu den Nerv der Mobilanwender im positiven Sinn zu treffen und eine App rauszubringen, die gut ankommt. Der Markt wird sich auch in diesem Bereich strukturieren. Nach dem großen Hype, werden viele Käufer ihre Apps skeptischer begutachten, was den Nutzen betrifft. Probieren kann ich es dennoch, wenn ich daran denke, wie viel Geld den Besitzer für schwachsinnige Klingeltöne gewechselt hat, gibt mir das neuen Auftrieb. Mittlerweile sind auch neue Technologien hinzu gekommen, was nicht unbedingt ein Nachteil ist. Das mobile Java läuft auf sehr vielen Handys, hat allerdings den Nachteil, dass man Apps dafür zertifizieren muss, wenn bei der Installation keine Sicherheitswarnung erscheinen soll. Die Gebühren für ein solches Zertifikat sind mit mehreren hundert Euro vergleichsweise hoch, wenn man davon ausgeht, dass eine App im Bereich von ein paar Cent bis ein paar Euro angeboten wird. Vom Verkaufspreis gehen dann noch die Händlerprovision und natürlich die Steuern ab. Da müsste man schon so einige Apps absetzen, um nicht auf den Gebühren für das Sicherheitszertifikat alleine sitzen zu bleiben. Bei modernen Mobilgeräten ist es möglich, Apps mit HTML und Javascript zu erstellen, das kommt mir als Webdesigner entgegen, weil so was zu meinem Grundwissen gehört.«

Sandra sah ihn mit großen Augen an. »Ähm ja ..., das war jetzt recht technisch, aber ich denke, dass ich es verstanden habe.« Damit erhob sie sich von ihrem Stuhl und begann den Tisch ab zu räumen. Er kam ihr zu Hilfe und innerhalb von Minuten war der Abwasch erledigt. Das Grau des Himmels, das durch die Fenster der Küche gut zu erkennen war, ließ keinen Zweifel daran, dass ein Besuch im Freibad in weiter Ferne lag. »Es sieht so aus, als sollten wir auf besseres Wetter warten und zwar im Bett!«, verkündete Basti, wobei er seine Blicke vom Fenster zu Sandra schwenkte. »Wir können doch auch im Wohnzimmer warten, der Teppich müsste mal gesaugt werden«, entgegnete sie mit Raffinesse. »Der Teppich ist nicht das

Einzige, was mal abgesaugt werden müsste«, gab er selbstsicher zurück und ging grinsend auf sie zu. Dann nahm er sie auf seine Arme und trug sie ins Bett, was Sandra sich widerspruchslos gefallen ließ.

8

Drei Minuten nach 14 Uhr saßen sie in der Nürnberger Altstadt im Oberkrainer, in der Nähe der Fleischbrücke und warteten auf ihre Bestellung. Die beiden hatten sich dazu entschlossen, um ihren Beinen Bewegung zu verschaffen und weil sie durch ihr ausgiebiges Liebesspiel am Vormittag, appetitlich auf ein zünftiges Essen geworden waren. Vor Sebastian stand ein großes unkastriertes Bier, denn seine Freundin war einverstanden den Wagen zurück zu lenken. Das Geschah nicht ganz ohne Absicht, weil Sandra wusste, dass ein wenig Alkohol gesprächiger macht und sie vorhatte, tiefer in die verborgenen Winkel seiner Seele vor zu dringen. Sie wartete auf ein großes Schnitzel mit Salat und Kroketten, er auf ein Rumpsteak mit Kräuterbutter. Um ihn einzustimmen, begann sie von ihrer Kindheit zu erzählen. Sandra war als Einzelkind aufgewachsen. Ihre Mutter arbeitete als Sekretärin in einer Immobilienfirma. Der Chef der Firma umwarb Sandras Mutter Isolde lange Zeit, bis sie endlich nachgab, obwohl sie wusste, dass er mit einer anderen zusammen war. Nur die Tatsache, dass er bis dahin keine Kinder in die Welt gesetzt hatte, bewog sie, sich auf ihn einzulassen. Zwar fiel ihr die Entscheidung auch dann nicht leicht, aber sie glaubte seinen Worten, wonach seine Partnerin der Grund war, weshalb es keinen Nachwuchs gab. So beschloss sie seine Ehrlichkeit zu prüfen indem sie plante, innerhalb eines Jahres mit ihm schwanger zu werden. Der Umstand, dass Isolde ihren Chef zu dieser Zeit bereits gute zwei Jahre kannte und ihr dabei nichts Negatives an ihm aufgefallen war, bildete die Basis für ihren Entschluss. Isolde drängte ihn nicht einmal, seine Lebensgefährtin zu verlassen, bis sie sicher sein konnte, dass er wirklich Kinder wollte und auch bekommen konnte. Er hatte ihr versichert, dass mit seiner Frau nach fünf Jahren Zusammenleben im Bett nichts mehr läuft. Sie wollte sich die Option offenhalten, die Geschichte problemlos zu beenden, sollte sich herausstellen, dass er in Wahrheit gar keine Familie plante. Isolde fand den Ein-

druck, den sie aus dem Berufsleben von ihrem Chef bis dahin gewonnen hatte, auch im privaten Bereich bestätigt. Bereits sechs
Monate später wurde sie mit Sandra schwanger. Ihr Chef Richard,
trennte sich noch vor Ablauf des halben Jahres von seiner Ehemaligen. Isolde und Richard gaben sich das Eheversprechen und lebten
fortan zusammen. Das Nürnberger Haus, schenkten Sandra ihre
Eltern zum 21. Geburtstag. Mit dem Ende von Sandras Ausführungen hatten sie bereits zu essen begonnen. Nachdem die Teller
leer waren, bestellte Sebastian ein weiteres Bier und seine Freundin
einen Cappuccino. »Was hast du eigentlich in deiner Jugend so gemacht? Ich meine in der Freizeit«, fragte sie, ihn beäugend und an
ihrem Getränk nippend. Basti konzentrierte sich einen Moment.
»Ich habe Dinge getan, wie die meisten Jungs. Fußball spielte ich,
stellte aber fest, dass mir das Talent, wirklich gut darin zu sein, fehlt.
Mit vierzehn, war ich das erste Mal richtig betrunken, was vermutlich an der Trennung meiner Eltern und den damit verbundenen
Reibereien zwischen meinen Eltern im Vorfeld lag. Im Gegensatz
zur breiten Masse habe ich mich sehr für Aliengeschichten interessiert. Ich konnte nicht genug davon bekommen, für ein zwei Jahre,
dann habe ich zur Programmiererei gewechselt, na ja, den einfachen
Sachen auf diesem Gebiet. Das mit den Aliens war vorbei als mein
Vater starb. Klar wusste ich auch damals schon, dass das Leben
endlich ist, aber es war diese Hilflosigkeit der Ärzte, dass sie ihn
nicht retten konnten. Da fing ich an mich zu fragen, wozu wir
überhaupt nach Außeririschen suchen, wenn wir noch nicht Mal
unsere eigenen Körper wirklich verstehen, geschweige denn die der
Lebewesen, die mit uns zusammen hier auf der Erde existieren. Ich
dachte in dem Zusammenhang auch an eine winzig kleine Spinne,
die eines Tages außen auf der Fensterscheibe meines Zimmers saß.
Nur Millimetergroß mit einem fast durchsichtigen Körper und mi-
kroskopisch kleinem Gehirn, war sie in der Lage, acht Beine und
den ganzen Rest ihres Körpers zu steuern und sich in einer feindseligen Umwelt zu behaupten. Ich ein Mensch, der Spezies, die sich
gerne als Krone der Schöpfung betrachtet, war nicht in der Lage,
und wäre es auch heute nicht, mit ihr zu kommunizieren. Wenn wir
nicht in der Lage sind, mit solchen Wesen Kontakt auf zu nehmen,
wie stünden die Chancen dann erst bei einem Alien? Einzig, wenn
sie sich annähernd auf derselben Stufe unserer Entwicklung befän-

den, wäre eine Annäherung möglich. Es stellt sich aber die Frage, wie weit sie uns trauen würden, wenn sie über die Art und Weise unserer Ernährung bescheid wüssten. Ich meine zum Beispiel das Fleisch, welches wir gerade verzehrt haben und wie es auf unsere Teller kommt. Gesetzt dem Fall, es handelte sich bei den Außerirdischen um friedliche Pflanzenfresser, glaube ich kaum daran, dass sie uns auf ihren Planeten einladen würden. Bedenke ich den anderen Fall, dass sie sich ausschließlich von Fleisch ernähren, sollten wir auf der Hut sein. Für den Fall, dass sie uns geistig und technologisch überlegen sowie mit raubtierhaften Instinkten behaftet sind, ständen unsere Chancen wohl eher schlecht. Möglicherweise würden wir dann ihre Ställe bevölkern, um schließlich als Delikatesse auf irgendeinem Teller zu landen oder uns in einem intergalaktischen Zoo als Anschauungsobjekte wiederfinden. Wir würden uns ihnen gegenüber im umgekehrten Fall wahrscheinlich aber auch nicht anders in Szene setzen. Nach dem Stand der Technik im Augenblick, bei uns hier auf der Erde, wären sie uns ohne Zweifel überlegen, wenn sie es schaffen würden, uns zu besuchen. Welchen Ort im Universum können wir mit unseren Mitteln zur Zeit schon erreichen?« Sandra fummelte mit der linken Hand hinter ihrem linken Ohr. »So habe ich das noch nie betrachtet. Aber ganz so falsch sind deine Gedankengänge sicher nicht, wenn man es sich genau überlegt. Wollen wir also hoffen, dass sich nur nette Außerirdische mit uns in Verbindung setzen, wenn überhaupt!«

Ein dunkelblauer Dacia-Kombi hielt vor dem verlassenen Massagesalon in Varna, am Montagmorgen wenige Minuten vor 9 Uhr in der dritten Oktoberwoche. Mihai saß am Steuer, trotz der milden Temperaturen von sechzehn Grad, spürte er das seine Hände zu schwitzen begannen, während er den Zündschlüssel abzog. Er lehnte sich zurück und beobachtete die Umgebung. Alles schien ruhig zu sein. Direkt vor ihm auf der Straße, in einer Entfernung, die ein Erkennen mit bloßen Augen gerade so ermöglichte, stand ein Pkw. Vor dessen Kofferraum standen zwei Erwachsene, vermutlich Männer und unterhielten sich offenbar, was er nur an ihren ausschweifenden Gesten zu erkennen vermochte. Sein Bruder hatte ihm am Vorabend zusätzlich Angst gemacht und ihn darauf vorbereitet, dass das ganze Hause sicher voller Bullen sein wird, die nur darauf warten ihm Handschellen an zu legen. Was er ihm mitbringen soll, wenn er ihn im Knast besuchen kommt, wollte er dabei auch gleich wissen. Mihai wendete seine Blicke durch das Seitenfenster nach rechts zum Haus. Kein verdächtiges Zittern der Vorhänge, keine Schatten, die an den Fenstern vorbeihuschten und an der Eingangstür ein großes Schild, "Geschlossen". Er öffnete nach einem Blick in den Rückspiegel die Tür und verließ das Auto. Erneut suchten seine Sinne Zeichen eines Hinterhalts, als er sich auf den Weg zur Tür begab. Mihai lief langsam und ohne hast auf die Haustür zu. Für den Fall, angesprochen zu werden, wollte er sich als von der Chefin angeheuerter Hausmeister ausgeben. Aus diesem Grund war er an jenem Morgen auch mit blauer Arbeitskombi und Baseballmütze bekleidet. Den Schlüssel zur Eingangstür, hatte er sich bei einem Schlüsseldienst kopieren lassen, als Sandra in seinem Keller saß. Das stellte kein großes Problem dar. Auf die Frage des Mitarbeiters, ob er ein Zertifikat für den Schlüssel hat, sagte er natürlich und schob ihm einen 100 Leva Schein über den Tisch. Der Rest war Minutensache.

Langsam schob Mihai den Schlüssel ins Schloss, er ging ohne zu haken hinein. Was beunruhigte ihn nur, weit und breit war doch niemand zu sehen? Oder war es diese unheimliche Stille? Schlagartig wurde ihm klar, dass auch nicht ein einziger Vogel zwitscherte. Vorsichtig drehte er den Schlüssel, bis er sicher war, dass er passt, dann forcierte er die Bewegung. Der Eingang öffnete sich, er trat ein und schloss die Tür sofort wieder hinter sich. Um besser zu sehen, entledigte er sich seiner Sonnenbrille. Mit bedächtigen Schritten ging er zur Kommode, auf der wie vereinbart, die Schlüssel lagen. Sein Herzschlag beruhigte sich. Die erste Hürde war genommen. Die Polizei hätte sich schon lange zu erkennen gegeben, wäre sie im Haus. Gleich neben den Schlüsseln auf der Kommode stand ein altes Telefon. Er hob den Hörer ab, um es zu testen. Die Leitung war jedoch abgeschaltet. Nachdem er den Hörer wieder aufgelegt hatte, begann er das Haus zu erkunden. Alle Zimmer, bis auf die Küche waren komplett leer geräumt. In der Küche fehlten sämtliche Elektrogeräte, inklusive Kühlschrank und Herd. Zum Schluss begutachtete er die Kellerräume, denen man deutlich ansehen konnte, dass das Gebäude noch nicht sehr alt war. Mihai interessierte sich besonders für den elektrischen Anschluss, da es keinen Strom gab, kam es ihm in den Sinn, ein Notstromaggregat an den Hausverteiler anzuschließen, denn er wollte sich vorerst nirgends registrieren, um Leistungen, wie Telefon, Strom und Wasser auf den üblichen Wegen zu beziehen. Sein ursprünglicher Plan das Haus zu behalten und schnellstmöglich einzuziehen war ins Wanken geraten. Mittlerweile zog er es in Erwägung, das Anwesen zu verlassen und eventuell zu verkaufen, wenn der Schatz gehoben sein sollte. Tiberius war daran schuld. 'Das ist nun der Dank. Ich will ihm zu Reichtum verhelfen und er macht mir dafür das Leben schwer, indem er mich verunsichert', dachte Mihai mit säuerlicher Miene.

Am Abend desselben Tages traf er sich mit seinem Bruder. »Hast du schon Freigang?«, begrüßte dieser ihn mit Spott in der Stimme, ohne dabei allzu Barsch rüber zu kommen, als er vor seiner Tür stand. »Ja hab ich und jetzt lass mich rein«, entgegnete Mihai leicht nervös. Silvana, die Partnerin von Tiberius machte sich in der Küche zu schaffen, nachdem sie Mihai begrüßt hatte. Die beiden Brüder nahmen im Wohnzimmer der 3-Zimmer-Mietwohnung, die sich in einem großen Wohnblock befand, Platz. Kaum saßen sie auf der Couch einer Sitzgarnitur gegenüber einer billigen Schrankwand, welche mit Buchenholzimitat Behaglichkeit zu verbreiten versuchte, rief Silvana aus der Küche: »Wollt ihr was zu trinken?« Tiberius sah seinen Bruder an und wartete auf dessen Reaktion. »Ja Orangensaft, wenn du hast«, antwortete dieser fast unverzögert. Daraufhin erhob sich Mihais Bruder und lenkte seine Schritte in Richtung seiner Frau. Mit einer großen Einwegflasche und zwei Gläsern kehrte er zurück. Tiberius füllte die Trinkgefäße und kam dann wieder neben seinem Bruder zum sitzen. »Also dann, sag an, was gibt es Neues?«, interviewte er Mihai. Er gab ihm eine Beschreibung des Ablaufs seines ersten Besuchs, in dem neu von ihm in Besitz genommen Gebäude. Dann nahm er einen großen Schluck aus seinem Glas. »Na weist du, ich habe die ganze Zeit darüber nachgedacht, wie du aus der Sache wieder rauskommst«, begann Tiberius und fuhr fort: »Die einzige Chance sehe ich darin, das Haus bei deiner Suche nicht zu beschädigen und es anschließend zurück zu geben, wenn du gefunden hast, was dich so anzieht. Es ist halt eine zwiespältige Angelegenheit, genau genommen gehört der Schatz der Deutschen, wenn es sich dabei nicht um Bauwerke handelt, denn dann wäre es Eigentum der Regierung. Die Deutsche aber weiß nicht, was auf ihrem Grundstück für Werte verborgen sind, und würde ohne dich sicher auch nie was davon erfahren. Es besteht durchaus die Möglichkeit, dass sie dir deinen Anteil nicht mehr zugesteht, wenn ihr klar ist, worum es geht. Rein rechtlich betrachtet würden euch beiden 50 Prozent von der Fundsache mit der zuvor erwähnten Einschränkung gehören. Da sie aber ohne dein Wissen null Prozent hätte, würde ich sagen, es wäre in Ordnung, wenn du ihr 30 Prozent abgibst. Damit könntest du auch gleich für die Unannehmlichkeiten, die ihr durch dich entstanden sind, einen angemessenen Ausgleich leisten. Um was genau handelt es sich bei dem Schatz eigentlich und was meinst du ist er wert?«»In den Büchern steht nur, dass er ein sehr wohlhabender Mann war. Was ich genau finden werde, kann ich nicht sagen. Optimal wären Gold und Edelsteine, weniger gut die Überreste einer Frau, die er genauso gut als Schatz bezeichnet haben könnte. Das Problem ist, dass die alten Römer auch öfters mal zu Drogen gegriffen haben. Bei Inventuren im Palast des römischen Kaisers wurde tonnenweise Opium aufgeführt. Ich hoffe, dass er nicht süchtig war und nur seine Opiumpfeife vergraben hat, als er gerade mal wieder stoned war!«

Mittwoch, dritte Oktoberwoche, Vormittag 11 Uhr in Nürnberg. Sandra saß alleine in der Küche ihres Hauses. Sebastian war, so wie auch in den letzten beiden Tagen zuvor, auf der Suche nach Personen, die verlangen nach einer Webseite hatten. Mit der erneuten Anmeldung des Gewerbes wollte er jedoch warten, bis lukrative Aufträge in Reichweite sein würden. Bereits am Montag, in den frühen Stunden des Tages, hatte Sandra Verbindung zu einem Nürnberger Privatdetektiv aufgenommen. Er sollte für sie in Erfahrung bringen, ob Sebastian ein potenzieller Kandidat für einen Erpresser sein könnte. Mithilfe eines Notebooks, welches neben einer großen Kaffeetasse auf dem Küchentisch stand, surfte sie im Internet und wartete auf den Rückruf des Detektivs. Ihre Internetrecherche galt geeigneten Objekten für einen neuen Massagesalon in Nürnberg. Der Markt allerdings, was diese Dienstleistung betraf, war stark gesättigt in Albrecht Dürers ehemaligem Wohnort. Genau genommen sollte es auch nur der Alternativplan sein, fest in Nürnberg zu bleiben. Sie mochte die Stadt, dass Wetter aber oft nicht so sehr. Sicher die warme Jahreszeit war ohne Zweifel in Ordnung, wenn, ja wenn, da nicht immer diese vielen kalten dunklen Monate ihr Lebensgefühl beeinträchtigen würden.

Elf Minuten nach 14 Uhr desselben Tages. Sandra räumte gerade den Teller ab, von dem sie Fischstäbchen mit Kartoffelsalat aus der Dose gegessen hatte, da meldete sich ihr Mobiltelefon.

»Sandra Kobermann, guten Tag«, gab sie sich zu erkennen.

»Heinz Müller, guten Tag. Sie erinnern sich?«, entgegnete der Detektiv.

»Ja natürlich! Was haben Sie herausgefunden?«

»Soweit ich es in Erfahrung bringen konnte, hat Sebastian keine Vorstrafen und bisher auch keine Schulden. Mit dem Gesetz ist er nie in Konflikt geraten.«

»Was meinen Sie mit, soweit sie es in Erfahrung bringen konnten?«

»Nun von den Problemen mit dem Gesetz kann ich sicher behaupten, dass es bei ihm keine gab. Bei den Schulden kann ich mich nur auf die offiziellen Angaben von Schufa und Banken stützen. Ob ein privater Kreditgeber existiert, entzieht sich meiner Kenntnis, dazu fehlt mir der Einblick. An solche Leute ist sehr schwer ran zu kommen. Die reden nicht gerne über ihre Geschäfte und die damit verbundenen Wucherzinsen. Eventuell würden sie engen Freunden ein paar Auskünfte geben, sicher aber niemanden, den sie als Schnüffler einstufen. Das hängt damit zusammen, woher das Geld stammt, dass sie verleihen. Einige von diesen Kredithaien haben Verbindungen zu Prostitution und grenzgängigen bis illegalen Geschäften.«

»Verstehe, vielen Dank! Ihr Geld erhalten Sie wie vereinbart. Ich wünsche Ihnen noch einen schönen Tag!«

Nachdem auch er sich verabschiedet hatte, war das Gespräch beendet. Erleichtert lächelte Sandra vor sich hin. 'Endlich mal eine gute Nachricht. Nach der jetzigen Sachlage kann ich ihm vertrauen. Julia seine Ex, werde ich besser doch nicht kontaktieren. Das würde nur in unbequemen Fragen an mich enden. Davon abgesehen könnte sie Basti im Nachhinein was stecken, dass ich sie über ihn ausgefragt habe. Einfach so, weil sie es ihm nachträgt, dass er mit ihr Schluss gemacht hat. Keine Ahnung wie er das dann aufnehmen würde, möglicherweise bekäme unsere Beziehung damit für immer einen Knacks. So was brauche ich nicht!' Ging es ihr durch den Kopf.

Gegen 19:30 Uhr kam Sebastian nach Hause. Es war schon lange dunkel. Seine Freundin fand er im Wohnzimmer auf der Couch liegend. Er verschwand im Schlafzimmer, um sich legerer zu kleiden. Bereitwillig machte sie ihm Platz, als er vor ihr stand und ließ ihn unter ihre weiche Decke, unter der sie, nur mit einem Jogginganzug bekleidet, lag. Noch fröstelnd von der Kälte draußen, schmiegte er sich an sie. Einem innigen Kuss folgte ein weiterer. Er hatte sie auf seinen Bauch gezogen und ließ seine Hände an ihrer Rückseite langsam auf und abgleiten.

Basti atmete noch heftig und sein Herz schlug wie die Rhythmustrommel auf einer Sklavengaleere. Sämtliche Kleidungsstücke der beiden lagen auf dem Couchtisch und auf dem Boden verstreut. Im Schutz der Decke touchierte sich die Haut der beiden großflächig. Nachdem sich sein Kreislauf wieder normalisiert hatte, fragte sie ihn, ob seine Suche nach Kunden erfolgreich war. »Nicht nennenswert«, schüttelte er resigniert den Kopf. »Vielleicht sollte ich bei einem bestehenden Internetdienstleister, versuchen eine Stelle zu finden. Schließlich will ich nicht ewig auf deine Kosten leben. Ich meine ich wohne und esse umsonst bei dir. Das ist irgendwie nicht mein Ding auf Dauer.« »Schön das du so eine Einstellung hast, aber du musst dir vorerst keine Gedanken machen. Das Haus ist bereits komplett bezahlt und von dem bisschen was du isst, könnte ich auch ein Vögelchen ernähren. Vom finanziellen wird es für mich in Kürze auch keine Probleme geben. Mein Opa väterlicherseits, Albert, war kein armer Mann, als er starb. Er war nicht arm, weil er es verstand, sein Geld zusammenzuhalten. Ich habe auch nicht vor, so einfach auf meinen Besitz in Bulgarien zu verzichten. Den werde ich mir zurückholen!« Sebastian sah sie erstaunt an. »In Varna haben sich deine Worte aber ganz anders angehört! Woher der plötzliche Sinneswandel und wie willst du das anstellen?« Sie lag halb seitlich rechts auf ihm, ihr rechtes Bein angewinkelt auf seinem Bauch und spielte mit der rechten Hand an seinem linken Ohr. Ihr Mund war dicht an seinem rechten Ohr. »In Bulgarien hat es sich anders angehört, weil ich nicht wusste, wem ich noch trauen kann. Außerdem hätten wir sie auf unsere Fährte gelockt, wenn wir gleich dort geblieben wären. Ich denke, wir werden wieder hin reisen. Dazu ändern wir aber vorher unser Äußeres. Das heißt neuer Haarschnitt und Haare färben. Du lässt dir am besten außerdem einen Bart wachsen, so kennt dich dort niemand. Auch die Art uns zu kleiden wird anders sein. Da man uns dort in gutbürgerlicher Garderobe kennt, schlage ich vor, wir verwandeln uns in moderne Ökohippies. Du weist schon, mit langen weiten Klamotten und so. Wir mieten uns eine private Ferienunterkunft, idealerweise gleich ein Bungalow. Dann werden wir mein Haus observieren. Für die Abwechslung besorgen wir uns vor Ort zusätzliche Kostüme, Krankenschwester, Bauarbeiter und was uns gerade in den Sinn kommt. Was mich ganz besonders interessiert ist, ob meine Mädels was damit zu tun haben. Das glaube ich zwar nicht, aber das muss nicht viel bedeuten. Wenn ich mich so an die Verbrechen in Deutschland erinnere, die in den Medien waren, sind es mehrheitlich die unscheinbaren, unauffälligen, von denen man annehmen könnte, dass sie nicht reden ohne vorher gefragt zu werden.« »Das hört sich ziemlich verwegen an. Aber warum nicht mal auf die Tour, ich bin gerne dabei. Die Zeit bis mir ein Bart gewachsen ist, können wir nutzen, um uns zusätzliches Equipment zu beschaffen. Ich denke da so an GPS-Peilsender, Abhörtechnik und solche Sachen. Auch Verkleidungen können wir schon ausprobieren, in Form von Rollenspielen hier zu Hause.« »Rollenspiele? In was für einer Rolle würdest du mich den gerne sehen?«, fragte Sandra schmunzelnd. »Ja nun«, begann Basti. »Du könntest zum Beispiel als Vertreterin an der Tür klingeln. Du hast den neuen Katalog eines Tiefkühllieferservices dabei. Ich bin der einsame Hausherr, der eigentlich nur wenige Vorräte eingelagert hat, weil es durch die ganzen Leichen im Keller, schlicht und einfach an Platz fehlt.« Sandra kicherte. »Nein, das war nur ein Scherz! Weil ich schon so lange alleine war, habe ich mich daran gewöhnt, in den eigenen Wänden nicht groß zu kochen. Deine Aufgabe ist es, mich dazu zu bringen, dich ins Haus zu lassen, damit du mir deine Produkte verkaufen kannst. Das ist natürlich nur eine Übung zur Rhetorik und, um sich an solche Situationen zu gewöhnen. Selbstverständlich werden wir die Rollen dann auch tauschen. Ein Problem könnte in der Praxis unser Akzent werden, daran merken die Leute gleich, dass wir keine gebürtigen Bulgaren sind.« »Na und, dann entschuldigen wir uns gleich am Anfang für unser Bulgarisch und sagen, dass wir dort jobben, um unseren Urlaub zu finanzieren oder so was in der Richtung. Das klappt, wirst du sehen!«, beschwichtigte ihn Sandra.

9

Freitagmittag in der dritten Oktoberwoche, Varna, Massagesalon. Mihai lud ein kleines Notstromaggregat aus dem Laderaum seines Dacia, dazu Pickel, Schaufel und Spaten sowie ein Metallsuchgerät. Ächzend schleppte er das Aggregat, dem man sein Gewicht nicht ansah, ins Haus. Danach noch weitere Utensilien, inklusive einer Kiste Mineralwasser und ein paar fertiger Sandwiches. 'Mist, den Campingstuhl habe ich vergessen! Trotzdem esse ich erst, bevor ich beginne', dachte er, gleich, nachdem die Tür hinter ihm ins Schloss gefallen war. Hastig stopfte er sich ein labbriges Klappbrot rein und trank Wasser dazu, dabei las er mit der linken Hand die Bedienungsanleitung des Notstromaggregats. Dann bugsierte er den Stromerzeuger in den Keller, zum Energiehauptverteiler des Hauses. Zuerst legte er einen Abgasschlauch für das Aggregat zu einem der Kellerfenster an der Rückseite des Gebäudes. Im Anschluss begab er sich zum Verteilerschrank, öffnete ihn und sah hinein. 'Oh Mann oh Mann, welche sind den bloß die verdammten Hauptsicherungen', quälten ihn seine Gedanken beim Anblick der Installation. Hilfe suchend nahm er ein paar zusammengeheftete A4-Seiten aus dem Boden des Verteilerschrankes. Er blätterte das Dokument durch, konnte aber mit den ihm unbekannten Symbolen nichts anfangen, genauso gut hätte er versuchen können eine asiatische Zeitung zu lesen. Enttäuscht warf er die Papiere zurück in den Schrank. Dann erspähte er eine in Plastik eingeschweißte Liste oben auf dem Verteiler. Es war die gesuchte Zuordnung der Sicherungen zu den Stromkreisen im Haus. Die Hauptsicherungen befanden sich in einem extra Gehäuse innerhalb des Schrankes. Das Gehäuse war vom Energieversorger verplombt, die drei Schraubsockel für die Sicherungen jedoch leer, was man durch eine kleine Scheibe erkennen konnte. 'Alles bestens, die Deutsche hat ihren Energievertrag gekündigt, da haben sie den Saft abgedreht. Hätte ich satt Friseur Elektriker gelernt, hätte mir die Aktion sicher Zeit und Nerven gespart. Aber besser spät als nie', dachte er, beruhigt den Verteilerschrank schließend. Der Rest war ein Kinderspiel. Er musste nichts weiter tun, als den Stecker vom Aggregat in eine der Steckdosen im Keller zu stecken. Dann warf er die Strommaschine an. Der Mitarbeiter des Baumarktes hatte nicht zu viel versprochen. Der Verbrennungsmotor, der den Generator antrieb, war sehr gut schallisoliert. Ein kurzer Test, Licht im Keller an und wieder aus, verlief erfolgreich und Mihai war glücklich. Nach ein paar Minuten schaltete er das Aggregat wieder ab und begab sich auf den Weg nach oben. Dort angekommen, packte er das fabrikneue Metallsuchgerät aus und informierte sich, wie es zu benutzen sei. Nach dem Einsetzen der Batterien, probierte er es an diversen Metallgegenständen im Haus, aus. Voller Zuversicht verließ er mit Baseballkappe, Sonnenbrille und Suchgerät das Gebäude über die Veranda, um in den Garten zu gelangen. Schon auf dem Weg zu den zwei Felsbrocken unter der Eibe, prüfte er den Boden. Keine drei Meter vom Haus und noch gute acht Meter von der Eibe entfernt, gab sein Gerät zum ersten Mal Laut. Mihais Pulsschlag beschleunigte sich, wie ein Formel-Eins-Wagen beim Start. Aus der seitlichen Beintasche seines dunkelblauen Overalls, zog er ein kleines rotes Plastikstäbchen und versenkte es im Erdreich, zur Markierung, wo er später zu graben hatte. Auf seinem Weg zu den Felsbrocken setzte Mihai noch eine weitere Markierung in den Boden. In unmittelbarer Nähe der Eibe folgte dann nochmals eine Markierung. Seine Schirmmütze zurecht rückend, sann Mihai darüber nach, jemanden zu besorgen, der das Graben für ihn übernehmen würde, denn das Suchgerät hatte jeweils Tiefen von weit mehr als zwei Meter angezeigt. Schnell ließ er den Gedanken wieder fallen, denn unnötige Zeugen konnten gefährlich werden. »Hey man, warum ist der Laden den geschlossen?«, blökte plötzlich jemand von der Straße aus über den Gartenzaun in Mihais Richtung. Der Fuhr zusammen und drehte sich um 90 Grad nach links, sodass er den Fragesteller genauer betrachten konnte. Während er ihn von Kopf bis Fuß begutachtete, suchte er nach einer Antwort. »Es gibt Probleme mit der Bausubstanz«, antwortete er dann. »Mit der Bausubstanz? Das Haus macht aber nicht den Eindruck, als ob es kurz vor dem Zusammenfallen wäre!«, monierte der Zaungast seine Antwort. »Ja obenrum nicht, das Problem ist das Fundament. Es ist brüchig«, konterte Mihai. »Wohl am falschen Platz gespart wie? Wann wird denn wieder geöffnet?« »Das wird vermutlich lange dauern«, wimmelte Mihai den Fremden ab. Als der verschwunden war, entschloss sich Mihai das Metallsuchgerät gegen Hacke und Schaufel zu tauschen, um in das Erdreich vor zu dringen.

Das Graben gestaltete sich für den Schatzsucher schwerer als vermutet. Er hatte unter der Eibe in geringer Nähe zu den Felsbrocken begonnen, weil er die Wahrscheinlichkeit, an dieser Stelle fündig zu werden, für am größten hielt. Zahlreiche kleinere Gesteinsbrocken dicht unter der Erdoberfläche hinderten ihn, schnell vorwärts zu kommen. Funken bildeten sich, als er mit seinem Pickel verzweifelt versuchte, das Gestein zu zertrümmern. Das Gestein jedoch, zeigte sich insgesamt wenig beeindruckt von seinen Aktivitäten. Bis auf ein paar kleine Bruchstücke behielten die Felsbrocken ihr Volumen. Schwer atmend warf er die Spitzhacke schließlich von sich und wischte sich den Schweiß von der Stirn. Er setzte sich am Rand seines bis dahin circa 1 x 1 Meter großen Aushubs und prüfte mit einem Zollstock die Tiefe. Sein Augenmaß hatte ihn nicht getäuscht, er war nur etwas mehr als einen halben Meter vorangekommen. 'So wird das nichts! Da brauche ich wohl einen Presslufthammer', überlegte Mihai. Knapp fünfzehn Minuten saß er noch da, erholte sich und betrachtete sein Werk. Dann stand er auf, griff sich seine Werkzeuge und brachte sie zurück ins Haus. Nachdem er Fenster und Türen sorgfältig verschlossen hatte, machte er sich auf den Weg, zurück in seine Wohnung.

Als er die Tür seiner Mietwohnung geschlossen hatte, zog er nur seine Schuhe aus und suchte hungrig von der schweren Arbeit, seinen Kühlschrank nach geeigneten Nahrungsmitteln ab. Eine Dose Fertigsalat mit Käsestreifen stach ihm ins Auge. Schnell stand sie auf der Arbeitsplatte. 'Es fehlt noch etwas, ja genau, da muss doch auch noch eine angebrochene Flasche Salatdressing im Eisschrank sein', erinnerte Mihai sich. Das Dressing gegen das Licht haltend, prüfte er die Qualität des Inhalts. Für Essbar befunden, versuchte er, den zähen Inhalt der Flasche auf dem Salat zu verteilen. Dazu hielt er die Flasche in der linken Hand und klopfte mit der rechten Hand auf den Boden des Gefäßes. Er war so damit beschäftigt, auch den letzten Rest aus der Flasche zu holen, dass er nicht mitbekam, wie durch die heftigen Bewegungen seiner Arme und Hände ein paar Eibennadeln aus den Ärmeln seines Overalls in die Salatschüssel fielen. Beim inbrünstigen Hacken, zuvor, im Garten von Sandras Haus, hatte er beim Ausholen mit dem Pickel gelegentlich den giftigen Baum getroffen, infolgedessen seine Nadeln auf ihn gerieselt waren. Das Salatdressing deckte die Nadeln ab und nach dem abschließenden Umrühren, waren sie im Salat nicht mehr auffällig.

Es war neun Minuten nach 20 Uhr, als Mihai frisch geduscht mit einer Flasche Bier vor dem Fernseher saß und darüber nachdachte, wo er einen guten Presslufthammer auftreiben könnte, als ihm plötzlich schwindlig wurde. Benommen griff er nach der Bierflasche, um auf dem Etikett nach dem Alkoholgehalt zu sehen. Es war derselbe Wert wie immer 4,9%. Grübelnd stellte er die Flasche zurück auf den Tisch. Dann stand er auf, öffnete ein Fenster und suchte das Bad auf, um Wasser zu lassen. Im Bad vor dem Waschbecken, sah er in den Spiegel und stellte fest, dass seine Lippen unnatürlich gerötet waren. 'Oh Mann was ist denn jetzt los, war der Salat oder das Dressing schlecht. Laut Datum sollten beide noch lange genießbar sein', überlegte er. Dann begab er sich wieder ins Wohnzimmer, schloss das Fenster und legte sich auf die Couch. Das Atmen fiel ihm zunehmend schwerer und der Schwindel machte ihn fast willenlos. In einem beinahe komatösen Zustand, erinnerte er sich der Eibe. War sich aber sicher, nichts davon in den Mund gesteckt zu haben. Auch die Hände hatte er einer gründlichen Reinigung unterzogen, bevor er den Massagesalon verließ. Das Atmen machte ihm immer mehr Probleme, seine Kehle fühlte sich an wie zugeschnürt. Krampfhaft versuchte er klar im Kopf zu werden, über die Schwäche seines Körpers zu siegen, um einen Arzt zu rufen. Der Versuch sich vom Sofa zu erheben misslang, Mihai fiel in eine Ohnmacht.

Fast 24 Stunden später erwachte Mihai langsam. Sein Körper fühlte sich an, als wäre er mit einem Dreschflegel bearbeitet worden. Schmerzen von Kopf bis Fuß, bleierne Schwere. Seine Umgebung nahm er nur diffus wahr. Mühsam gewann er die Orientierung zurück. Der Fernseher lief noch, es war bereits wieder dunkel. Das Licht der Stehlampe spiegelte sich in den pflegebedürftigen Scheiben seiner Wohnzimmerfenster, vor denen es keine Gardinen gab.

Schwerfällig setzte er sich aufrecht. Seine Ellenbogen auf den Knien, stütze er seinen Kopf in die Hände. Nach mehreren tiefen Atemzügen, angelte er mit der rechten Hand die halb volle Bierflasche. Er führte die Flasche in Zeitlupe zum Mund, dann rann die lauwarme schale Flüssigkeit über seine ausgetrockneten Schleimhäute in sein Inneres, wie in ein ausgetrocknetes Flussbett. Fast zeitnah konnte er die aktuelle Position des Bieres, bis in die Gedärme, gefühlsmäßig lokalisieren. Das Leben kehrte in Mihai zurück, wie in eine Blume, die kurz vor dem verdorren Wasser bekommen hatte.

Nachdem Mihai sich frisch gemacht hatte, hockte er mit einer neuen Flasche Gerstensaft vor dem Bildschirm seines Bilderradios. Zur Sicherheit, falls er sich übergeben müsste, positionierte er zuvor einen Eimer neben seinem Platz, dem Sofa. 'Man wenn ich tatsächlich abgenippelt wäre. Viel hat wohl nicht gefehlt. Ich war mir die ganze Zeit gar nicht bewusst, wie schnell so was gehen kann. Vielleicht sollte ich wirklich vorsichtshalber schon den Fall meines vorzeitigen Ablebens ein wenig organisieren', grübelte er.

Die komplette darauf folgende Woche, verließ Mihai seine Wohnung nur, wenn es unbedingt sein musste, um Waren des täglichen Bedarfs zu besorgen. Er war wieder sicher auf den Beinen, jedoch wusste er noch immer nicht, wie es zu der Vergiftung gekommen war, das drückte seine Stimmung. Die Möglichkeit, dass es eine Racheaktion von Sandra gewesen sein könnte zog er ebenso in Erwägung, wie verdorbene Lebensmittel. Um den Salat zu untersuchen, war es allerdings zu spät. Die Plastikschüssel, in der er ihn gekauft hatte, spülte er nach dem Verzehr aus, ebenso die Glasflasche des Dressings. Für eine Racheaktion von Sandra, fand er auch keine brauchbaren Erklärungen, bezüglich der Umsetzung. Seine Wohnung kannte sie nicht einmal. Wie hätte sie dann hinein kommen sollen? Auch Carmen, die Medizinstudentin, die er erpresst hatte, besaß mehr oder weniger ein Motiv, jedoch zweifelte er daran, dass sie seine Adresse noch wusste, da sie, sie stark angetrunken aus der Bar mitgenommen und auch wieder zurückgebracht hatten. Beunruhigt entschied er schließlich, die Schlösser seiner Wohnung und seines neuen Hauses auszutauschen.

Montag, erste Dezemberwoche, Flughafen Varna. Sandra und Basti warteten um 19:30 Uhr vor dem Airport auf ein Taxi. Sandra trug ihre Haare extrem kurz und schwarz, dazu einen beigen langen weiten Rock aus groben Leinen mit einem breiten braunen Stoffgürtel und schwarze Stiefeletten. Vor der Kälte schützte sie eine graublaue Filzjacke. Sebastians Haare waren ebenfalls schwarz und deutlich länger, als bei der Rückreise nach Deutschland. Darüber hinaus wucherte ein Bart in seinem Gesicht. Seine Montur bestand aus Jeans, braunen Cowboystiefeln und Holzfällerjacke. Über das Internet hatten sie ein Bungalow, ein paar Kilometer landeinwärts und ein paar Kilometer östlich von Sandras Haus gemietet. Basti hatte sich um die technische Ausrüstung gekümmert und zahlreiche Elektronikgadgets zur Observation über das Internet bestellt. Sandra war zur Designerin geworden und hatte die Zeit in Deutschland genutzt, um Bekleidung, Schminke und sonstige Accessoires zu besorgen. Nach kurzer Zeit hielt das Taxi vor den beiden auf der Straße. Beim einladen der Koffer musterte der Fahrer Sandra und ihren Freund, vermied jedoch einen Kommentar. Erst, nachdem sie losgefahren waren, sagte er: »Zum Zeitvertreib spiele ich meistens ein kleines Spiel, ich versuche zu erraten woher meine Fahrgäste kommen. Ihr Bulgarisch verrät mir, dass Sie nicht hier aufgewachsen sind. Anhand Ihres Aussehens, würde ich sie als Kanadier einordnen, liege ich da richtig?« Sandra sah Basti verstohlen lächelnd an, dann erwiderte sie: »Sie haben es erraten!« Dabei errötete sie dezent, was der Fahrer aber in der Dunkelheit nicht sehen konnte, denn es war ihr peinlich diesen einfachen netten Mann, den sie auf Ende vierzig schätzte, an zu lügen. Um die Immunität von sich und ihrem Freund zu schützen und ihre Mission nicht zu gefährden, sah sie jedoch keine andere Möglichkeit. Ein Nicken des Fahrers verriet dessen Zufriedenheit über seinen Treffer. Dann redete der Chauffeur weiter: »Sicher ist es in Kanada kälter, aber um hier Urlaub zu machen ist es keine optimale Zeit. Im Vergleich zu den Sommermonaten kommt einem alles wie ausgestorben vor und im Meer zu baden ist auch nicht sehr angenehm. Was führt Sie um diese Jahreszeit hierher?« Sebastian betrachtete aus dem Seitenfenster die Lichter der Stadt und antwortete: »Wir sind Studenten. Uns interessiert die Geschichte der Stadt. Zur Hochsaison ist alles so überlaufen, da fehlt uns die Ruhe. Wissen Sie, es ist was Anderes, für uns zumindest, wenn man in einem Museum alleine oder auch zu zweit vor einem Bild steht und nicht Heerscharen von Besuchern lärmend durchs Gebäude ziehen und die Konzentration stören. Man kommt dem Künstler dadurch näher, finde ich, fast als ob man zum Zeitpunkt der Entstehung eines Werkes in seine Haut schlüpft,.« »Ja ich glaube ich weiß was Sie meinen, obgleich ich schon lange nicht mehr in einem Museum gewesen bin. Die hiesigen Sehenswürdigkeiten kenne ich seit meiner Jugend. Irgendwie fehlt der Reiz erneut hin zu gehen, wenn man schon alles kennt. Und auswärts, na ja Urlaub hatte ich schon lange keinen, wozu auch. Ich bin alleine, meine Kinder sind aus dem Haus und meine Frau hat sich vor Jahren von mir getrennt. Alleine irgendwo hinfahren ist nicht mein Ding, jetzt wo ich älter bin.« »Das kann ich mir vorstellen«, bestätigte ihn Basti. »Wie ist es hier eigentlich mit der Kriminalität?«, fragte Sandra beiläufig. Sie hatte zwar einen groben Überblick, war aber auf jede zusätzliche Insider-Information erpicht, die sie erlangen konnte. Insgeheim hoffte sie, etwas von organisiertem Verbrechen zu erfahren in der Richtung Mafia, Yakuza und so weiter. Der Fahrer legte für einen Augenblick seine rechte Hand an die Brust. »Es gibt sicher gefährlichere Orte als Varna, aber ganz unbedarft sollte man sich hier mit niemandem einlassen, den man nicht kennt. Dass Sie die Landessprache einigermaßen Beherrschen, ist von großem Vorteil, denke ich. Was Sie auf keinen Fall tun sollten, ist, sich in einer Bar oder einem Restaurant gehen zu lassen, was den Alkohol anbelangt. Es gibt Typen, die sich darauf spezialisiert haben, betrunkene Touristen auszunehmen. Die kommen Ihnen auf die freundliche Tour, geben einen aus, und wenn Sie dann mit denen alleine sind, setzten Sie Ihnen womöglich ein Messer an die Kehle und bitten Sie um Ihre Brieftasche, wenn nicht schlimmeres. Auch vor Bettlern in den Straßen sollten Sie sich hüten. Wenn Sie einem von denen etwas geben, hängt bald eine ganze Meute an Ihrem Rockzipfel. So schnell werden Sie die dann nicht wieder los. Die haben meistens ein sehr gutes Gedächtnis, was freigiebige Personen angeht.« »Danke für die Tipps«, bedankte sich Sandra. »Gerne«, erwiderte der Chauffeur. Mehrere Minuten fuhren sie noch schweigend durch die dunklen Straßen, vorbei an parkenden Autos, den Lichtern von Straßenlampen und zahllosen beleuchteten Fenstern. Obwohl Sandra große

Teile der Stadt kannte, fühlte sie sich fremd an diesem Ort und war froh, dass sie Sebastian an ihrer Seite hatte. Als sie den Bungalow erreichten, stand ein Mann fröstelnd mit einer halb aufgerauchten Zigarette vor der Tür. Der Vermieter war zeitig erschienen, auf das ihm seine Kunden nicht davonlaufen, was zu dieser Jahreszeit eine Katastrophe für ihn bedeutet hätte. Nachdem sie den Mann mit den schütteren dunklen Haaren, schmalem Gesicht und dem spitzen Kinn als Vertragspartner identifiziert hatten, luden sie mithilfe des Taxifahrers ihr Gepäck aus dem Wagen und folgten dem Vermieter zum Haus. Ihr Weg führte durch einen ungepflegten Vorgarten, zu einem abgewohnten Sommerhaus mit nach vorne abfallendem Flachdach. Der Besitzer kramte in den Taschen seiner ausgewaschenen Jeans und förderte den Schlüssel der Unterkunft zutage. Bevor er ihn ins Schloss steckte, zog er noch mal kräftig an seiner Zigarette und warf sie dann neben die Tür. Sebastian sah Sandra mit einem unbehaglichen Blick fragend an. Sie schüttelte verhalten ihren Kopf und gab ihm so zu verstehen, dass es aus ihrer Sicht kein Problem gab. Knarzend öffnete sich die schwere Holztür nach innen. Gleich darauf schaltete der Vermieter das Licht im Flur ein und bat seine Gäste ins Haus. »Also kommen Sie, ich zeige Ihnen alles«, forderte er sie auf weiter zu gehen, nachdem sie ihr Gepäck im Flur abgestellt hatten. Außer Wohn- und Schlafraum gab es ein Bad, Küche und Abstellkammer. Die Einrichtung mochte gute zwanzig Jahre in Gebrauch gewesen sein. Es war zwar zu erkennen, dass vor ihrer Ankunft geputzt wurde, aber der Verschleiß lugte überdeutlich aus jeder Ecke. Flecken auf den Teppichen, abgeplatzte Möbel und dunkle Schatten an den Tapeten, zeugten von geringen Investitionen zur Werterhaltung. Sandra sah sich die Küche genauer an, zog die Schubladen heraus und äugte nach Ungeziefer, fand aber keins. Der Kühlschrank war abgetaut und nicht in Funktion. »Geht der noch?«, fragte sie den Besitzer. »Ja Sie müssen nur den Stecker in die Dose stecken«, verkündete er und tat es gleich anschließend selbst. Widerwillig setzte sich die Kältemaschine in Gang. Die Drehzahl vom Kompressor steigerte sich, begleitet von lautem Dröhnen und einem rhythmischen Kratzgeräusch. 'Das ist Leichenschändung', dachte Basti. »Ja also, auf den Bildern im Internet hat alles ein wenig anders ausgesehen«, warf Sandra an den Vermieter gewandt ein. Dessen Blicke kreisten durch den Raum, dann sagte er: »Das liegt wahrscheinlich an meiner Kamera, die ist nicht mehr ganz so neu, wissen Sie.« »Na dann passt sie ja hervorragend zum Haus«, stichelte Sandra mit Schmollmund. »Okay, okay, wenn Sie mindestens vier Wochen wie vereinbart bleiben, dann ist die erste Woche gratis, aber nur, falls Sie im Voraus zahlen«, lenkte der Besitzer ein. Sandra zögerte minimal, dann streckte sie ihm die Hand entgegen und sagte: »Abgemacht!« Gleich im Anschluss überreichte sie die ausstehende Summe. Der Vermieter zählte das Geld, steckte es in die Tasche und sagte: »Meine Nummer haben Sie ja, falls Sie mich brauchen.« Dann überreichte er die Schlüssel und verschwand. Nachdem die Tür laut krachend ins Schloss gefallen war, machte Sebastian seinem Ärger Luft. »Meine Güte, was für ein Schuppen«, entfuhr es ihm. »Ganz so schlimm hatte ich es mir nicht vorgestellt. Von wegen alte Kamera, Photoshop wohl eher. Aber irgendwie passt es zu unserer neuen Identität. Studenten haben normalerweise nicht viel Geld. Das ist gar keine so schlechte Tarnung!«, beschwichtigte ihn Sandra. »Ja du hast Recht«, frohlockte Basti. »Ich hoffe nur, dass wir uns bei Sturm nicht gegen die Wände stemmen müssen, um die Hütte vor dem Einsturz zu bewahren!« Sandra lachte lauthals. »Ach was, ganz so schlimm ist es nun auch wider nicht. In der Zeit, die ich in dieser Gegend war, gab es nie einen richtigen Sturm. Warum sollte sich das jetzt ändern?« »Also gut, wenn du es sagst, will ich dir glauben«, erwiderte Sebastian. Damit verließ er die Küche und suchte das Wohnzimmer auf. Gegenüber einer Schrankwand, befand sich eine Sitzgarnitur bestehend aus zwei Sesseln, Sofa und Holzcouchtisch. Neben dem Sofa ragte ein schiefer goldener Deckenfluter empor. Basti öffnete das große Fenster zum Garten hin. Er trat ein Stück auf die, sich dem Fenster anschließenden Fliesen hinaus und blickte sich um. Die Dunkelheit gab nicht viel von der Umgebung Preis. Es ließ sich jedoch erkennen, dass der Garten üppig dimensioniert war und der Rasen, aus dem der Garten zum größten Teil bestand, gepflegt wurde. In der nächsten Nachbarschaft waren die Silhouetten mehrerer Bungalows zu erkennen, die in etwa den gleichen Baustil wie ihr neues Domizil aufwiesen. Licht war jedoch in keinem der Häuschen auszumachen. Nach ein paar tiefen Atemzügen ging er wieder hinein und schloss das Fenster hinter sich. Die Kälte ließ ihn nach einer Heizung suchen, fündig wurde er jedoch nicht. Nachdem er die Jalousien der Wohnzimmerfenster heruntergelassen hatte, steuerte er die Abstellkammer an. Neben der Tür fand er einen wackligen Lichtschalter, den er betätigte. In der Mitte der Kammer hing, von der Decke eine Fassung an einem weißen Elektrokabel herab. Die Glühbirne in der Fassung, die Basti an eine Kohlefadenlampe aus der Gründerzeit erinnerte, verbreitete ein klägliches Licht. Es reichte allerdings, um sich in dem Raum zurecht zu finden. Ein großer alter Kleiderschrank und ein auf der gegenüberliegenden Seite montiertes Wandregal, beanspruchten einen großen Teil der Kammer. Sebastian öffnete den Schrank in der Hoffnung, dass nicht ein ehemaliger Urlauber darin vergessen worden war. Aus dem Schrank wehte ihm ein abgestandener Geruch entgegen, der aber nicht vom Inhalt her rührte, denn der Kleiderschrank war komplett leer. Vorsichtig tastete er, die über der Kleiderstange befindlich Ablage nach klebrigen Substanzen ab, fand aber lediglich ein wenig Staub. 'Na ja, das geht schon, da müssen wir nur mal ordentlich Lüften', sinnierte er, bevor er den Schrank schloss und sich weiter umsah. Glücksgefühle durchströmten ihn, wie hochprozentiger an einem kalten Tag, als er links neben dem Schrank, der Zimmertür abgewandt einen alten Ölradiator erspähte. Mit dem Wärmespender in den Händen eilte er ins Wohnzimmer und schloss ihn umgehend an eine Steckdose an. Ein kurzes Flackern des Deckenlichtes, gefolgt von leisem Surren und Knacken nach dem Einschalten, waren die Zeichen, welche sich Basti erhofft hatte. Ein wenig wartete er noch, mit den Händen an den metallenen Rippen des Gerätes, bis er Wärme fühlen konnte. Dann richtete er sich auf und drückte sein Kreuz durch, das sich durch die lange Reise deutlich verspannt hatte. In dem Moment kam Sandra zu ihm. »Na, ist alles in Ordnung?« »Ja ich denke schon, ich bin dabei zu heizen«, entgegnete er stolz, wobei er mit der rechten Hand auf den Heizkörper deutete. Sie ging auf ihn zu, schmiegte sich von vorne an ihn, legte ihre Hände auf sein Gesäß und sagte: »Das kann ich ja wohl auch erwarten von meinem Mann!« Einem innigen Kuss folgten verlangende Berührungen. Dann löste sie sich von ihm und wies ihn darauf hin, dass es für ihre Begriffe doch noch an Temperatur mangelt, um sich vollständig zu entblättern. Er gab ihr Recht und fragte nach dem Whisky, den sie vom Flughafen mitgebracht hatten. »In der Tüte auf dem Küchentisch«, klärte sie ihn auf und entschuldigte sich auf die Toilette. »Ja richtig, das Klo, da wollte ich auch gerade hin«, rief er ihr hinterher. Sandra drehte sich nicht um, zeigte ihm aber im Laufen den Mittelfinger der rechten Hand, indem sie die Hand über ihre Schulter hob. Basti grinste nur, dann suchte er die Küche auf. Mit sicherem Griff angelte er die Flasche, betrachtete einige Sekunden die Etiketten, dann schraubte er den Verschluss auf und nahm einen kräftigen Schluck. Die Flasche noch in der Hand, schüttelte es ihn vom Geschmack der Flüssigkeit. Nachdem er den Whisky auf die Arbeitsplatte gestellt hatte, suchte er nach der Dauersalami, welche die beiden ebenfalls am Flughafen erstanden hatten.

10

Kauend stand er, mit dem Hintern an die Arbeitsplatte gelehnt, als er seine Freundin aus dem Bad rufen hörte: »Basti, … Basti.« Mit dem Rest seines Wurststückes machte er sich auf den Weg zu Sandra. Als er die Tür geöffnet hatte, fand er sie, ihm gegenüber auf dem Klo sitzend. »Das Papier, es gibt kein Klopapier!«, klagte sie, ihn flehentlich ansehend. Er stand im Türrahmen und bemerkte: »Es ist aber ganz schön kalt hier!« Sie sagte nichts, machte nur ein frustriertes Gesicht. Dann drehte er sich ohne weiteren Kommentar um und ging, einen der Koffer zu öffnen. Wenige Minuten später kehrte er zu seiner Liebsten zurück, warf ihr eine angebrochene Rolle der begehrten Ware zu und entfernte sich wieder.
Sebastian saß auf dem Sofa. Die Whiskyflasche, von der ihm der zweite Zug schon deutlich besser geschmeckt hatte, vor sich auf dem Tisch, teste er den Fernseher. Sandra gesellte sich zu Basti und kuschelte sich an ihn. Mit der rechten Hand berührte er ihren linken Unterarm. »Du bist ja ganz kalt geworden«, stellte er fest und reichte ihr die Flasche. Nachdem sie einen Schluck genommen hatte, zog er sie auf seinen Schoß und rubbelte diverse Stellen ihres Oberkörpers, um sie auf zu wärmen. Satelliten-TV gab es nicht nur zwei Lokalsender. Da das TV-Programm den beiden nicht zusagte, schalteten sie das Gerät aus und ein mitgebrachtes Reiseradio ein. Schmusend und trinkend bereiteten sie sich auf das Bett vor.

Dienstag, erste Dezemberwoche. Mihai war die vergangenen vier Wochen mit einem Handelsschiff unterwegs gewesen. Sein Bruder hatte ihm den Job vermittelt und er konnte die Heuer gut gebrauchen, da er nicht wusste ob überhaupt und wann, seine Schatzsuche sich in barer Münze auszahlen würde. Nun war auf der Suche nach einem Presslufthammer und durchforstete dabei die bekannten Läden in der Stadt. Seine Suche gestaltete sich nicht einfach, denn er hatte bestimmte Vorstellungen von dem Equipment. Das größte Problem sah er in dem Lärm, den solche Werkzeuge mehrheitlich verursachen. Erst nach vielen Stunden, es war bereits früher Nachmittag, bekam er das Gewünschte. Einen hydraulisch gedämpften Elektrohammer. Nach einem hastigen Stehimbiss, machte er sich auf den Weg zum Massagesalon.

Das in Gang setzen des Notstromaggregates verlief ohne Probleme. Nicht viel später stand er unter der Eibe, vor dem selbst ausgehobenen Loch. Schockiert blickte er in die Grube. Wasser hatte sich gesammelt, so konnte er nicht arbeiten, auf keinen Fall. Wenig begeistert, packte er all seine Hilfsmittel zusammen und verstaute sie im Haus. 'Ich bin ja nicht abergläubisch, aber irgendwie sieht es nach ungünstigen Zeichen aus. Zeichen, die mich eventuell davon abhalten sollen, total ins Unglück zu stürzen', grämte er sich, auf dem Weg zu seinem Fahrzeug vor der Tür. Dennoch, aufgeben kam für ihn nicht infrage, und so machte er sich auf den Weg eine Pumpe zu besorgen.

Nachmittag desselben Tages. Sandra und ihr Freund hatten den Montag genutzt, um den Bungalow nach ihren Bedürfnissen mit lebensnotwendigen Dingen auszustatten. Des Weiteren hatte Sebastian, die Mutter von Svetlana, auf geheiß von Sandra angerufen. Er wurde darüber in Kenntnis gesetzt, dass Svetlana und Yelina in Varna wohnen und augenblicklich wohl sicher auch arbeiten. Liljana probierten sie nicht anzurufen, denn sie war Single und über die Kontakte zu ihren Eltern wusste auch Sandra nicht Bescheid.

Bis auf eine Seitenstraße, hatten sich Basti und seine Freundin ihrem ehemaligen Besitz mit öffentlichen Verkehrsmitteln genähert. Gekleidet war das Pärchen so, wie bei der Ankunft am Flughafen, nur mit dem Unterschied, dass Sandra zusätzlich eine Brille mit getönten Gläsern trug. Als sie den Bus verließen, war der Himmel von vereinzelten leichten Wolken bedeckt und die Sonne hatte den Zenit bereits überschritten. Knapp fünfzig Meter mussten die beiden laufen, bis sie zu der Kreuzung kamen, in die auch die Straße zu Sandras Haus mündete. Von der Kreuzung aus blickten Sebastian und seine Freundin nach rechts, die leere Straße entlang, bis zu Sandras ehemaligen Massagesalon. Kein Fahrzeug und keine Menschenseele waren zu sehen. Leichte Windböen wirbelten ab und an Staub und unachtsam weggeworfenen Abfall auf der Straße umher, als die beiden die letzten Meter bewältigten. Am Haus, genau vor dem Weg zur Tür, blieben die beiden stehen. Sandra und Basti suchten das Anwesen mit Blicken nach Lebenszeichen ab, wurden aber nicht fündig. »Was meinst du, sollen wir rein gehen?«, meldete sich Sandra nach einigen Minuten. Duplikate der wichtigsten Schlüssel hatte sie behalten, da ihr Plan feststand, bevor sie Bulgarien verließen. »Warte, lass uns zuvor noch einen Blick in den Garten werfen«, lehnte Sebastian ab. »Okay«, stimmte ihm seine Freundin zu und lief mit ihm Hand in Hand noch ein Stück weiter, um über den Zaun den Garten zu kontrollieren. »Da unter dem alten Baum hat jemand gegraben«, rief sie unvermittelt und deutete mit dem Zeigefinger ihrer rechten Hand in Richtung der Entdeckung. »Ja stimmt!«, krähte Basti. »Vielleicht wollte jemand den Baum ausgraben. Was ist das überhaupt für einer, kennst du dich mit so was aus?«, fragte Sandra. »Keine Ahnung, für Pflanzen habe ich mich nie richtig interessieren können und deshalb vermutlich das Meiste aus der Schule auch schon wieder vergessen. Warum sollte irgendwer den Baum ausgraben wollen, er versperrt doch in keiner Weise die Sicht? Normalerweise würde man ihn doch eher absägen, wenn man ihn weghaben wollte. Wozu sich die Mühe machen, die ganze Wurzel auszuheben? Komisch ist das schon!« »Hm, ja ziemlich eigenartig! Na lass uns jetzt einfach hineingehen. Wer weiß, was die drinnen alles getrieben haben?« Mit schnellen Schritten näherten sich die beiden der Eingangstür, wobei sie die Straße immer wieder mit Seitenblicken auf Neuankömmlinge prüften. Sebastians Freundin probierte, den Schlüssel ins Schloss zu stecken. Der Versuch misslang auch beim zweiten Anlauf. »Fuck, die haben das Schloss ausgetauscht!«, fluchte sie. Basti legte seine rechte Hand auf ihre rechte Schulter und beruhigte seine Freundin. »Es war ab zu sehen, dass die so handeln würden. Dafür haben wir ja unsere ganze Ausrüstung dabei. Einen Versuch war es trotzdem Wert, hätte ja sein können.« »Du hast Recht, lassen wir es für heute genug sein. Zum Glück sind keine größeren Schäden erkennbar. Das Loch im Garten lässt sich problemlos wieder zuschütten«, erwiderte sie. Im Anschluss machten sich die beiden auf den Heimweg.

Mittwochmorgen, halb acht, erste Dezemberwoche. Mihai saß in der Küche seiner Wohnung auf einem alten Barhocker. Vor ihm auf einer Ablage der Einbauküche, stand eine große Tasse Kaffee, die er bereits zur Hälfte geleert hatte. Aus dem Radio dudelte die Allerweltsmusik eines örtlichen Senders. Hinter den Fensterscheiben begann die Helligkeit des neuen Tages, langsam deutlichere Konturen zu zeichnen. Das Außenthermometer zeigte unfreundliche 5 Grad. 'Wenn das so weiter geht mit dem Wetter, wird mir das verdammte Scheißloch auch noch zufrieren. Dann nützt mir meine neue Baustellensüffelpumpe auch nichts mehr', grummelte Mihai gedanklich, während er seine Tasse leerschlürfte.

Fast schon kindisch freute sich Mihai, als der Schlauch der zu seiner neuen Pumpe führte, die letzten Reste der bräunlichen Flüssigkeit gurgelnd aufsaugte. Gleich im Anschluss sprang er in die Grube und entfernte mit einer Schaufel die aufgeweichte Erde. Dann probierte er seinen elektrischen Hydraulikhammer aus, um die groben Gesteinsbrocken zu zerkleinern. Die moderne Technik führte dazu, dass sich nach kurzer Zeit Risse in einem der Steine bildeten, die den Weg nach unten versperrten. Nie zuvor in seinem Leben hatte Mihai eine solche Tätigkeit ausgeübt. Es dauerte nicht lange, und er fing an Gefallen an dem zu finden was er tat. Auf eigenartige Weise befriedigte es etwas tief in seiner Seele, die Möglichkeit Frust durch Zerstörung ab zu bauen. Für eine Weile vergaß er fast, warum er überhaupt am Graben war, so steigerte er sich in das Zerkleinern der Steine hinein. Als die Uhr 12:45 zeigte, war Mihai bereits bis auf circa anderthalb Meter Tiefe vorgedrungen.

Sandra und Sebastian trafen fünf Minuten nach 13 Uhr vor dem Grundstück ein. Als Hippies verkleidet, beobachteten sie Mihais dunkelblauen Dacia-Kombi, der vor der Eingangstür zum Salon stand, eine Weile, ehe sie sich dem Haus weiter näherten. »Na immerhin scheint ja heute jemand da zu sein«, frohlockte Sandra. »Ja das ist hervorragend. Wenn sicher ist, dass das Fahrzeug den Typen gehört, klebe ich gleich einen GPS-Peilsender drunter. Dass es so eine billige Kiste ist, lässt mich annehmen, dass die keine GPS-Störsender benutzen. Wer so ein Auto fährt, hat sicher auch keine Garage dafür. Da müsste er das Auto nämlich reinstellen, selbst wenn er einen Störsender besäße. Im anderen Fall wäre es von Nöten, den Störsender eingeschaltet zu lassen, wenn er den Wagen abstellt, was aber die Batterie nicht ewig durchhält«, erklärte Basti. Rasch standen die beiden vor dem Fahrzeug und lugten von allen Seiten ins Innere des fahrbaren Untersatzes. Der Innenraum war nicht peinlich sauber, aber auch nicht verkommen. Hinweise auf den oder die Fahrer in Form von Anhängern am Spiegel gab es nicht. »Was meinst du, gehört das Auto den Unholden?«, dachte Basti laut. »Für mich ist es sehr wahrscheinlich. Wer sonst würde sein Fahrzeug ausgerechnet hier vor der Tür abstellen. Falls es doch jemandem gehört, der mit der Sache nichts zu tun hat, kannst du dein Spielzeug ja einfach wieder entfernen. Durch das Ding finden wir den Standort jederzeit, so oder so.« »Ja stimmt!«, brummelte Sebastian verschämt, weil er nicht selbst daran gedacht hatte. Sandra observierte die Umgebung, damit Basti den Sender ungestört unter dem Fahrzeug anbringen konnte. Innerhalb von Minuten hatte er das kleine elektronische Hilfsgerät unter dem hinteren Plastikstoßfänger montiert. Als er wieder aufrecht stand, machte er ein zufriedenes Gesicht. Sandra gesellte sich zu ihm und streichelte ihm über den Rücken. Dabei lobte sie ihn bezüglich seiner Einfälle und der Kenntnis der modernsten Technik. Nach einem liebevollen feuchten Schmatzer, entschieden sie sich, einen Blick in den Garten zu werfen. Als Erstes sahen die beiden nur einen deutlich gewachsenen Erdhaufen. Mihai hatte die Erde aus der Grube zum Schutz vor unerwünschten Blicken in Richtung des Gartenzaunes angehäuft. So sahen sie nur Mihais Baseballkappe und ab und zu Erdreich, welches mittels einer Schaufel nach oben gefördert wurde. Sandra und ihr

Freund sahen dem Schauspiel eine Weile zu, ohne das Mihai sie bemerkte. Dann sagte Basti: »Irgendwas sucht der da, wenn er die Wurzel des Baumes ausgraben wollte, müsste er rings um den Baum herum graben und das tut er nicht. »Ja genau, vielleicht sucht er den Stein der Weisen«, murmelte Sandra. »Ausschließen kann man es nicht«, fügte Basti hinzu. Das Wetter war nicht ganz so brillant wie am Vortag. Nur wenige blassblaue Öffnungen in der Wolkendecke, erinnerten daran, dass im Universum mehr existiert, als der Massagesalon. »Wollen wir?«, fragte gegen 13:30 Uhr Sandra, an ihren Liebsten gewandt. Sebastian nickte. Daraufhin begann Sandra laut zu rufen: »Hallo … hallo … hallo.« Mihai schnaufte vor Anstrengung, wischte sich mit der rechten Hand den Schweiß von der Stirn und rückte anschließend seine Baseballkappe zurecht, bevor er sich der Quelle der Stimme zuwendete. Am Zaun seines neuen Hauses erblickte er zwei Blumenkinder, beide mit langen schwarzen lockigen Haaren und Stirnband. Behäbig verließ er seine Grube und machte sich auf den Weg zu ihnen. 'Es wäre gut möglich, dass das Weib mir ihren Körper verkaufen will. Gegen ein kleines Nümmerchen so zwischendurch, hätte ich nichts einzuwenden, zumindest mit ihr nicht', dachte er auf den letzten Schritten zu Sebastian und seiner Freundin. »Hallo«, begrüßte ihn Bastis Freundin. »Was wollt ihr?«, fragte Mihai bewusst mürrisch, um den vermeintlichen Liebespreis zu drücken, wobei er auf Sandras Auslage glotzte. »Glauben Sie an die Sterne?«, kokettierte Sandra, der nicht verborgen geblieben war, worauf Mihai stierte. Nach einem kurzen Lachen mit geschlossenem Mund erwiderte er: »Ja … ja irgendwie schon. Willst du sie mir zeigen, jetzt gleich und dein Freund sieht zu? Ein paar Leva würde ich dafür schon locker machen!« Sandra taxierte ihn nach einem deutlichen Augenaufschlag mit einem Lächeln. Mihais Overall war reichlich dreckverschmiert. Da der Wind aus seiner Richtung kam, konnte sie seinen herben Schweißgeruch wahrnehmen. Diesen Geruch empfand sie nicht als abstoßend, denn es war nicht der Geruch eines ungepflegten Menschen, der sich tagelang nicht gewaschen hatte. Ihre Blicke wanderten zurück zu seinem Gesicht. Große dunkle Augen von jugendlicher Haut, in einem harmonischen slawischen Gesicht umgeben, sahen sie ungeduldig an. 'Was er wohl bereit wäre für mich zu zahlen und wie wird sein Ding aussehen und wie kann er damit umgehen? Vergiss das ganz schnell wieder du Schlampe, schließlich hat er dir, wenn auch nicht alleine, möglicherweise dein Haus geraubt und davon abgesehen, hast du einen tollen Mann an deiner Seite, irgendwie einen Tick zu nett, aber immer noch besser als einen Tick zu gemein', durchzuckte es ihre grauen Zellen. »Was ist jetzt?«, nervte Mihai. »Na ja, nicht so wie du wahrscheinlich gerade gedacht hast! Nein, ich könnte aus deiner Hand lesen. Dann bist du besser auf deine Zukunft vorbereitet und so was ist eigentlich unbezahlbar!«, säuselte Sandra liebreizend. 'Was soll das schon für eine Zukunft sein, wenn mir noch nicht mal eine Frau, für Geld zu willen ist', grübelte Mihai. Nach Sekunden der Besinnung entgegnete er: »Also gut, ich mache gerade eine schwierige Phase in meinem Leben durch. Wie viel willst du?« »20 Leva.« »Das ist zu viel, 10 maximal«, konterte Mihai. »15!« »Okay, okay 15, aber mehr ist auf keinen fall drin!«, sträubte sich der neue Hausbesitzer. Sandra reichte Mihai ihre Hand und sagte: »Einverstanden.« »Na fein, dann kommt halt auf einen Sprung mit rein, am Zaun ist mir das zu blöd!«

Es war ein vertrautes Gefühl für Sandra, als sie ihre Tür durchschritt, um ins Innere des Hauses zu gelangen. Bedächtig sah sie sich um, nachdem die Eingangstür hinter ihr ins Schloss gefallen war. »Sind Sie erst eingezogen?«, fragte sie dann an Mihai gewandt. »Eh ... ja, ja richtig. Das Haus habe ich vor Kurzem gekauft.« »Aha und nach was graben Sie in Ihrem Garten, wenn man mal fragen darf?«, wollte Basti wissen. Mihai hatte sich auf derartige Anfragen vorbereitet und antwortete schlagartig: »Die Wasserleitung ist kaputt. Da ich momentan ein wenig Zeit habe, kümmere ich mich gleich selbst darum.« »Kann ich nachvollziehen«, nickte Sebastian fast synchron mit Sandra. Mihai machte einen zufriedenen Gesichtsausdruck und erkundigte sich, ob eine spezielle Umgebung erforderlich ist. »Nein, eine Glaskugel und eine Katze auf dem Rücken brauche ich nicht. Einen Tisch und Stühle aber schon«, klärte ihn Bastis Freundin auf. »Damit sieht es bei mir gerade schlecht aus«, wiegelte Mihai ab. Sandra sah Basti an, dann erwiderte sie: »Das ist schade! Zur Not können wir uns aber auf den Boden setzen. Am besten in der oberen Etage, dort sind wir dem Himmel näher!« Mihai rollte die Augen, dann sagte er: »Folgt mir« und gab mit der linken Hand ein kurzes Zeichen zum gehen, nachdem er sich umgedreht hatte. Auf dem Weg nach oben dachte Mihai: 'Was die nur immer mit den Sternen und dem Himmel hat?' Dabei fiel ihm ein, wie er als 18 jähriger, Plato, den Hund seiner Eltern mit in die Kneipe genommen hatte. In der Kneipe traf er spendable Freunde und so versank er in den alkoholischen Prozenten wie ein einfältiger Spaziergänger im Moor. Auf dem Nachhauseweg, einem Feldweg, der außerhalb der Stadt zur Wohnung seiner Eltern führte, versagten seine Beine den Dienst und Mihai kam auf dem Rücken zum liegen. Es war eine sternenklare Sommernacht. Die Sterne begannen sich in seiner Wahrnehmung zu drehen, wie ein Karussell auf dem Jahrmarkt, genauso wie die gesamte Umgebung. Beim Anblick des sich drehenden Universums, verlor er langsam das Bewusstsein. Als er wieder zu sich kam, leckte Plato mit seiner warmen klatschnassen Zunge eifrig sein Gesicht.

»Wenn wir uns in die Mitte setzen, sind wir in der besten Position!«, gab Bastis Freundin zu bedenken, nachdem sie in ihrem ehemaligen Wohnzimmer angelangt waren. Folgsam nahm Mihai, ihr gegenüber auf dem Boden Platz. Sie steckte ihre Hände aus und forderte: »Gib mir deine Hände mit den Handinnenflächen nach oben!«

»Du bist auf der Suche nach dem großen Glück und dabei spielt eine junge Frau eine wichtige Rolle. Eine junge Frau mit hellen Haaren, welche mit diesem Haus in Verbindung steht. Richtig?« 'Scheiße, woher weiß die Alte das? Das gibt es doch gar nicht!' Grübelte Mihai nach ihren Worten. Als Mihai auf seine Antwort warten ließ, drückte sie mit dem Daumen ihrer rechten Hand in die Mitte seiner rechten Handfläche. Der Druck war so stark, das er überlegte seine Hand zurück zu ziehen. Seine Neugier jedoch siegte und so bewegte er seine Hand nicht. »Richtig!«, murmelte er nur. Sebastians Freundin nickte. Mihai sah in ihr Gesicht und in ihre Augen. Eine Ähnlichkeit mit einer der Frauen, die er kannte, konnte er nicht ausmachen. Solange er auch nachdachte, es gab keine Frau, die bezüglich der Übernahme des Hauses durch ihn Bescheid wusste. Ihre pechschwarzen Haare und ihre grünen, fast gelben Augen faszinierten ihn zunehmend. Leichter Schweiß bildete sich auf seinen Händen, als er fragte: »Und weiter?« »Du bist hier aufgewachsen. Ein kleines Rädchen im großen Getriebe willst du nicht sein.

Du willst es sosehr nicht, dass du bereit bist, Grenzen zu überschreiten. Wenn du aufwachst, träumst du mit offenen Augen von einer Frau an deiner Seite.« Mihais Herzschlag war fast zu hören, weil ihn Sandra so treffend beschrieben hatte. »Du beherrschst dein Geschäft ziemlich gut. Aber sage mir, werde ich finden was ich mir erhofft habe?«, beweihräucherte er sie. Sandra wusste, dass sie ins Schwarze getroffen hatte. Sie merkte es an Mihais nervösen Augen und dem leichten Zucken in seinem rechten Mundwinkel. Langsam strich sie mit ihren Fingern über seine Handinnenflächen, bevor sie antwortete: »Du wirst es finden, aber es wird dich nicht glücklich machen!« Schlagartig zog Mihai seine Hände zurück. »Es reicht, mehr will ich nicht wissen!« Dann stand er auf. Sandra sah ihn unschuldig an und fragte: »Was hast du denn? Stimmt was nicht?« Mihai wirkte nervös und fuhr sich mit der rechten Hand durch sein schweißnasses Haar, nachdem er mit der linken seine Kappe angehoben hatte. »Nein, es ist nur …, ich muss jetzt weiter arbeiten. Der Tag hat nicht mehr viele Stunden und die, welche Helligkeit mit sich bringen will ich nutzen! Sebastians Freundin rückte sich ihr Dekolleté zurecht, so, dass der vor ihr stehende Mihai die Zentren ihrer Brüste durch den Stoff deutlich wahrnehmen konnte. Dann stand auch sie auf. Basti, der in einer Zimmerecke auf dem Boden gesessen hatte, erhob sich ebenfalls.

11

Auf dem Weg zum Bus erkundigte sich Basti bei seiner Freundin: »Wie hast du ihn so aus der Fassung gebracht?« Sandra lachte. »So schwer war das gar nicht. Ich weiß ja wie er an das Haus gekommen ist und die Sache mit seiner Sehnsucht, nun ja ich habe einfach darüber nachgedacht, warum er auf meine Titten gestarrt hat, wie ein Verdurstender auf ein Glas Wasser. Es war mir schon klar, dass er nicht froh darüber war, zu hören, dass er kein Glück haben wird. Dass er daraufhin gleich abgebrochen hat, fand ich eigentlich schade, gern hätte ich sein Selbstbewusstsein auf subtile Weise noch ein wenig mehr zersetzt. Als er mir gegenübersaß und mir geradewegs in die Augen sah, war ich im Zweifel, ob er mich wiedererkennen würde. Die gelbgrünen Haftschalen und die künstliche Hautbräune haben mich aber hervorragend geschützt, da bin ich mir ziemlich sicher.« »Ja, wenn ich nicht wüsste, dass du es bist, hätte ich dich vermutlich auch nicht auf den ersten Blick wiedererkannt. Die Verkleidung ist dir 100-prozentig professionell gelungen!«, brachte Sebastian seine Bewunderung zum Ausdruck. »Danke!«, strahlte ihn sein Hippiegirl an. An der Bushaltestelle mussten die beiden noch eine gute Stunde warten. Auf der überdachten Bank der öffentlichen Haltestelle, saßen sie dicht nebeneinander und sahen dem spärlichen Straßenverkehr zu. Da kam Sandra die Episode am Gartenzaun in den Sinn, wo Mihai ihren Körper kaufen wollte. Eine alte Frage drängte sich ihr auf, die sie schon lange beabsichtigte, Basti zu stellen. Bisher hatte sie den richtigen Zeitpunkt dafür, aber noch nicht gefunden. »Du sag mal«, begann sie zögerlich. »Was hast du vorhin gedacht, als der Typ für mich bezahlen wollte? Wir haben so was im Vorfeld nicht diskutiert. Wäre es dir recht gewesen, wenn ich mich darauf eingelassen hätte?« Sebastian sah erst ein paar Sekunden zu Boden, dann wendete er die Blicke seiner Liebsten zu. »Nein, recht wäre es mir nicht gewesen! Was denkst du denn? Allerdings haben wir keine leichte Aufgabe vor uns und es ist nun mal so, dass Männer bei einer schönen Frau wie dir, schwach werden oder mit dem Schwanz denken, wie ihr Mädels sagen würdet. Ich hoffe nicht, dass es im Verlauf unserer Mission notwendig sein wird, dass du soweit gehst. Für den Fall, dass es gar nicht anders geht, erwarte ich aber, dass du dabei nie auf einen Präser verzichtest. Das gilt übrigens auch für die Zukunft, solange wir zusammen sind, wenn das hier beendet ist!« »Du würdest es also tolerieren, wenn ich mit einem anderen Mann schlafe?«, fragte Sandra erstaunt. »Ich erwähnte ja, dass es mir nicht egal ist. Aber ich will dich nicht in einen unsichtbaren Käfig aus Schuldgefühlen einsperren. Es kann sein, dass dir eines Tages ein Typ über den Weg läuft, der dich … ich sage jetzt mal, fasziniert. Du würdest es gerne mit ihm tun, weil du unbedingt wissen willst, wie er so ist, in gewissen Dingen. Für so einen Fall möchte ich nicht, dass du dein Gewissen damit belastest, dass du mit mir zusammen bist. Wenn du es unbedingt brauchst, dann tue es, aber nimm einen Gummi! Eine zweite Bedingung stelle ich aber auch gleich noch! Du musst die Karten auf den Tisch legen, wenn du nichts mehr für mich empfindest und dich deswegen zu einem anderen hingezogen fühlst!« »Wenn wir das so halten, stehen dir die gleichen Rechte zu. Hast du das jetzt gesagt weil du dir selber eine

Tür offen halten willst oder liebst du mich nicht?«, forschte Bastis Freundin. »Gerade weil ich dich liebe, habe ich das gesagt und nein es geht mir nicht darum, irgendeine Tür offen zu halten. Du gibst mir alles was ich körperlich und seelisch brauche. Das vertraute Zusammensein mit dir ist mir wichtiger, als ein bedeutungsloses fünf-Minuten-Gehoppel!« »Das hört sich nach Erfahrung an und auch nach käuflicher Liebe. Warst du schon mal in einem Puff?«, quengelte Sandra. »Ach ...«, seufzte ihr Liebster. »Jetzt willst du wohl alles wissen?« »Alles nicht, nur die Sachen in Bezug auf, ... na du weißt schon!«, kicherte Sandra und legte ihre linke Hand auf seinen rechten Oberschenkel. Ihr Lächeln steckte ihn an. Nach ein paar Minuten des Nachdenkens, in denen er in die Ferne sah und beobachtete, wie zwei Raben gegen den Wind auf den kahlen Ästen eines Baumes zu landen versuchten, sagte er: »In einem Puff war ich noch nicht. Ein Freund hat mal versucht mich in so einen Laden mit zu nehmen. Er war gerade 18 geworden. An einem Samstagnachmittag im August haben wir uns in der Nürnberger Innenstadt getroffen. Zuerst waren wir in einem Café in der Nähe vom Trödelmarkt mit Blick auf die Pegnitz. Es war ein heißer Hochsommertag. Nur wenige Menschen hielten sich in der Stadt auf, die meisten waren wohl irgendwohin zum Baden ausgeflogen. Es wehte kein Lüftchen. Wir saßen im Außenbereich unter einem Sonneschirm, tranken Bier und redeten über unsere Schulstreiche. Später sind wir dann ins Cinecitta gegangen, Bernd mein Kumpel, hatte einen Flachmann dabei, den haben wir während des Films geleert. Als der Film gelaufen war, sind wir in den "Pizza Hut" in der "Breiten Gasse" gegangen, weil wir hungrig geworden waren. Mit reichlich Bier löschten wir unseren Durst und hatten anschließend Mühe, uns von den Stühlen zu erheben, was am üppigen Essen und dem Alkohol lag. Auf dem Weg zur U-Bahn-Station am Plärrer, blieb Bernd auf Höhe der Frauentormauer stehen und schielte vorbei an der Gaststätte "Böhmische Haube" in Richtung der Etablissements der Sünde. Kommmm da geehn wir jezz hin, schlieeeßlichh sin wir erwaachsen, lallte er nach ein paar gierigen Blicken. Ich dachte, na gut es ist dein Geburtstag und sah noch mal in meinem Portemonnaie nach, wie viel Bares noch darin war. Es sollte auf jeden Fall für das kurze Glück reichen. Den MP3-Player, auf den ich gespart hatte, würde ich mir ja im nächsten Monat auch noch kaufen können, spekulierte ich. Mit weichen Knien wankte ich Bernd hinterher, holte ihn bald ein und wir hielten uns unter lautem Kichern gegenseitig davon ab, an die Wand zu laufen. Die gewerblichen Damen, die wie Spinnen in ihren Netzen auf unerfahrene Jungs wie uns lauerten, gaben sich alle Mühe, uns nicht entkommen zu lassen. Die ersten Mädels waren auch wirklich eine Augenweide. Doch wir hatten beschlossen, aus unseren begrenzten finanziellen Möglichkeiten, das Maximum herauszuholen. Aus diesem Grund wollten wir die Angebote zunächst genau unter die Lupe nehmen und liefen weiter. Schließlich kamen wir zu einer alten Schwarzhaarigen. Sie lehnte, mit vor sich verschränkten Armen, in der Fensterbank eines Erdgeschosses. Um uns anzulocken, schnalzte sie mit der Zunge, als ob sie das Vertrauen eines Tieres gewinnen wollte. Alt ist keinesfalls eine Untertreibung. Ihre Falten zeugten von ihrem massiven Verfall. Nicht nur in ihrem Gesicht, sondern auch in ihrem Ausschnitt. Ein penetranter Geruch reichhaltiger Sonnencreme, welche sicher die Spuren ihrer Vergänglichkeit tilgen sollte, wehte uns von ihrem altersschwachen Body entgegen. Als die abgefuckte Oma zu mir sagte, du darfst mich auch anfassen, wobei mir ihre langen Zähne, mit dem im Übergang dunkelgrau-blauen Zahnfleisch auffielen, wurde mir zum ersten Mal übel, und ich drehte mich zur Mauer, weil ich annahm, mich übergeben zu müssen. Eine Weile stand ich nach vorn gebeugt, mich mit der rechten Hand an dem Schutzwall aus Steinen abstützend und würgte, richtig kotzen konnte ich jedoch nicht. Bernd kam mir zuhilfe und richtete mich wieder auf, soweit ihm das in seiner Verfassung möglich war. Die Alte hatte er abgewimmelt, mit der Begründung, dass wir zu viel getrunken haben. Nachdem ich eine größere Menge Speichel auf die Pflastersteine abgesondert und mir anschließend den Mund unbeholfen an meinem T-Shirt abgetrocknet hatte, liefen wir weiter. Nach ein paar ansehnlichen Osteuropäerinnen trafen wir auf zwei fettleibige Negerinnen. Das war dann endgültig mehr, als ich vertragen konnte. Ich sagte Bernd mir geht es nicht gut, und ich glaube auch nicht, dass ich jetzt noch einen hochkriegen würde, selbst dann nicht, wenn du mir eine von den hübschen nackt auf den Bauch binden würdest. Dabei deutete ich mit dem rechten Zeigefinger in Richtung der attraktiven. Bernd faselte etwas für mich zusammenhangloses, unverständliches. Da fiel mir ein, dass es ja die Feier zu seinem achtzehnten Geburtstag war und sagte, wenn du eine willst dann mach. Ich warte solange auf dich. In der Zwischenzeit werde ich mir erst mal einen Jägermeister besorgen oder besser gleich eine ganze Flasche. Bernd sah mich besorgt an, nickte wortlos und torkelte dann zu einer zierlichen deutschen kurzhaarigen Blonden. Nachdem ihn die kleine Liebesdienerin mit ins Haus genommen hatte, beschritt ich zielstrebig den Weg zur "Böhmischen Haube", wobei ich einige potenzielle Freier streifte. Schon beim betreten der Gaststube drang ein laut krakeelendes Stimmengewirr in meine Gehörgänge. Mit Mühe bahnte ich mir den Weg zur Theke. Es dauerte eine Weile, bis mich eine schöne junge Frau, die bediente, durch den Lärm wahrnahm. Das macht 25 Euro sagte sie, nachdem sie die Flasche Jägermeister 0.7, vor mich hingestellt hatte. Nachdem sie in Besitz des Geldes war, fragte sie, ob ich alleine bin. Wow dachte ich und betrachtete ihren Körper, der sich verlockend durch ihr eng anliegendes weißes ärmelloses T-Shirt abzeichnete. Ich sagte ihr Ja, wo ich wohne und das ich Single bin. Da lachte sie und wuschelte mir mit der linken Hand durchs Haar, in der rechten Hand hielt sie dabei eine Wodkaflasche, mit der sie Gläser füllte. So hab ich das nicht gemeint, erwiderte sie. Es ist nur …, dann geb ich dir besser eine Tüte für deine Flasche, damit sie dir keiner abnimmt. Ich drehte meinen Kopf und sah in die Runde. Wie Chorknaben sahen die Gäste wirklich nicht aus. Als ich wieder nach vorne schaute, war mein Jägermeister bereits von einer Papiertüte umhüllt und die Bedienung stand am anderen Ende des Tresens. Ich sah nochmal mit wehmütigem Blick auf ihre eng anliegende Stretchjeans, bevor ich mich daran machte, das Lokal zu verlassen. Wenige Schritte neben der Tür öffnete ich den Kräuterschnaps und zog einen ordentlichen Schluck, wobei ich die Flasche in der Tüte ließ. Es fing an mir besser zu gehen und nicht viel später stand ich vor der Tür zu Bernds Paradies. Fast eine viertel Stunde musste ich noch warten, bevor er wieder auf die Straße kam. Wie es war, fragte ich ihn. Mit verklärten Blicken erzählte er mir, was sie für einen tollen Körper hat, wie sie die Zeit verbracht hatten und das alles irgendwie zu schnell vorbei gewesen wäre. Trotz seiner Lobesworte konnte ich mich nicht dazu entschließen, dasselbe zu tun wie er. So haben wir uns nach ein paar Minuten Unterhaltung auf den Heimweg gemacht. Das war das einzige Mal, wo nicht viel gefehlt hätte, dass ich in ein Bordell gegangen wäre. Ich hatte dann auch bald eine

Freundin und dadurch keinen Notstand in gewisser Weise.« Sandra legte ihren linken Arm hinter seinen Rücken und ihre linke Hand auf seine linke Schulter, dann zog sie ihn zu sich und küsste ihn auf die rechte Wange.

»Hast du noch Kontakt zu deinem Freund Bernd«, wollte Sebastians Partnerin wissen, nachdem sie im Bus Platz genommen hatten. »Ne, schon lange nicht mehr, wir haben uns aus den Augen verloren. Irgendwann im Nachhinein, als wir noch in Kontakt waren, hat er mir erzählt, dass ihn eines Nachts so was wie ein Albtraum heimsuchte. Darin lebte er auf einem Bauernhof. Seine Frau die herrschsüchtige Bäuerin, war die alte schwarzhaarige Prostituierte, die wir zu seiner Geburtstagsparty an der Frauentormauer gesehen hatten. Sein Leben bestand aus harter Arbeit. Häufig musste er mit Gummistiefeln und quietschender Schubkarre den Stall ausmisten, während es die Bäuerin mit dem Postboten und verschiedenen anderen Männern trieb, welche aus geschäftlichen Gründen den Bauernhof aufsuchten. Dabei versteckte sie sich nicht vor ihm, sondern stöhnte ihre Lust unüberhörbar durch die geöffneten Fenster des Hauses auf den Hof hinaus. Dieser Albtraum hatte eine nachhaltige Wirkung auf Bernd, so, dass er eine Zeit lang versucht hat, mit weiblichen Gummipuppen aus dem Sexshop glücklich zu werden. Er hat mir auch gebeichtet, dass es anfänglich Schwierigkeiten dabei gab, die von der unnatürlichen Anatomie der Liebespuppen herrührten. Erst als er sich beim Zusammensein vorstellte, der vom Normalen abweichende Körperbau der Puppen kommt daher, dass die Sexpuppen Mädels sind, die in der Nähe eines UFO-Landeplatzes zur Welt kamen, hat es besser geklappt.« Sandra lachte herzlich und schmiegte sich an ihren Freund, wobei sie aufgrund der schlechten Straßen öfters durchgeschüttelt wurden.

Mihai saß noch eine Weile, nachdem die Wahrsagerin gegangen war, auf einem Mauervorsprung, trank ein Bier und sah dabei zu seiner Grube. 'Kein Glück ha, na wenn schon', sinnierte er kämpferisch über die Worte der vermeintlichen Hellseherin, bevor er sich wieder an die Arbeit machte.

Der Schatzsucher war bereits mehr als zwei Meter in die Tiefe vorgedrungen, als unter der Spitze seines Elektrohammers metallische Funken sprühten. Er legte das Hightech-Werkzeug zur Seite und arbeitete sich mit Hacke und Schaufel langsam voran. Mehr und mehr von einer blechbeschlagenen Truhe kam zum Vorschein. Der größte Teil der Kiste war indes außerhalb seiner Baugrube. Es blieb ihm nichts weiter übrig, als die Grube zu erweitern, um das Fundstück zu bergen. Da die Dämmerung bereits eingesetzt hatte, beschloss er, für diesen Tag Feierabend zu machen. Seinen Fund deckte er mit einer Plastikfolie ab, auf der er locker etwas Erde verteilte, um ihn vor neugierigen Blicken zu schützen.

Am Abend des gleichen Tages. Auf dem Weg vom Bus zu ihrem Bungalow, kaufte das Hippiepaar mehrere Flaschen Wein und eine Flasche Wodka bei einem Discounter. Die ungemütlichen Temperaturen waren Sandra und Basti in die Knochen gedrungen, so beschlossen sie den Tag mit einer Tiefkühlpizza und selbst gemachtem Punsch ausklingen zu lassen. Noch bevor sich die beiden abschminkten, kümmerten sie sich ums Essen. Mit großem Appetit verschlangen sie die Pizza und tranken Wein dazu. »Sehr gut und jetzt wollen wir mal sehen, ob der Peilsender funktioniert«, verkündete Sebastian ungeduldig, gleich nachdem die Teller leer waren. »Okay, ich geh solange duschen«, verabschiedete sich seine Freundin ins Bad. Er schaltete seinen Laptop ein und kopierte die Positionsdaten, die sein Handy als SMS empfing auf die Festplatte. Dann startete er das zugehörige Trackingprogramm und lud die Daten hinein. »Na also, da bist du ja«, sagte er leise vor sich hin, nachdem Mihais Route auf der Karte angezeigt wurde. Er konnte erkennen, dass sich der Dacia des Verdächtigen nun im Westen Varnas, im Randgebiet der Stadt befand. Die Informationen, welche er zu diesem Stadtteil recherchierte, ließen eine durchschnittliche Wohnsiedlung für Normalbürger erkennen. Als Sandra sich im Jogginganzug zu ihm gesellte, sagte er: »Im Moment hält er sich hier auf«, und deutete mit dem Finger auf den Bildschirm des mobilen Computers. »Aha, das ist doch schon mal was. Eine reiche Gegend ist das nicht, das muss aber nicht viel bedeuten. Vor allen Dingen müssen wir heraus finden, ob er alleine ist oder nur ein Handlanger, den die wahren Täter bezahlen. Wie ein Schwerverbrecher hat er heute nicht auf mich gewirkt. Kaum zu glauben, dass er es gewesen sein soll, der mich in den Keller gesperrt hat.« »Nach Äußerlichkeiten kann man kaum gehen. Es ist doch oft so, dass man nicht vermutet zu was ein Mensch fähig ist. Und ganz alleine kann er nicht sein, sonst hätten wir ihn im Hotel sehen müssen, bevor wir überrumpelt wurden. Irgendwie muss Melanie mit ihm in Verbindung stehen. Möglicherweise finden wir sie dort, wo jetzt sein Auto steht«, tat Basti seine Meinung kund. »Ja richtig, aber für heute reicht es, morgen sehen wir weiter. Dann werden wir die Gegend dort mal unter die Lupe nehmen und eventuell finden wir auch ein paar Leute, die was über ihn wissen«, erwiderte Sandra.

Donnerstagmorgen, erste Dezemberwoche. Bereits mit dem Einsetzen der Helligkeit, stand Mihai unter der Eibe und erweiterte die Grube seitlich in Richtung seines Fundes. Er hatte Ringe unter den Augen, seine Muskeln waren verkatert, da er diese Art von Arbeit nicht gewöhnt war. Darüber hinaus, war er übermüdet. Fast die ganze Nacht brachte er kein Auge zu. Immer musste er an seinen Fund denken und daran, dass die Blumenkinder die Gegend möglicherweise nur ausspionieren wollten, um ihn zu bestehlen.

Nur wenig später, am gleichen Morgen, machten sich Sandra und ihr Freund auf den Weg zu dem Ort, wo sie am Abend zuvor Mihais Auto lokalisierten. Dazu verkleideten sie sich als alte Leute mit grauen Perücken, Brillen und reichlich Schminke. »So sehen wir in ein paar Jahren wahrscheinlich wirklich aus«, flachste Basti vor dem Spiegel im Flur des Bungalows, bevor sie das Häuschen verließen. Erneut wählten sie öffentliche Verkehrsmittel, um ans Ziel zu gelangen. Zwar hätten sie sich einen Mietwagen leisten können, wollten aber darauf zunächst verzichten, um so wenige Spuren wie möglich, zu ihrer wahren Identität und ihrer Unterkunft zu hinterlassen.

Mit dem auf GPS-Empfang geschalteten Handy suchte Sebastian den Weg zu den Koordinaten, an welchen das Fahrzeug am längsten gestanden hatte. Das Gerät führte die beiden zu einer breiten Stellfläche vor einem größeren Wohnblock. Das Wetter hatte sich im Vergleich zum Vortag weiter verschlechtert. Dichte Wolken zogen eilig über den Himmel und legten die Vermutung nahe, dass sie sich demnächst verflüssigen würden. Den beiden waren nicht viele Menschen begegnet, auf dem Weg von der Haltestelle zu ihrem Ziel. »Was machen wir jetzt?«, fragte Sandra ihren Begleiter. »Das

Beste wird es sein, wenn wir in einem Nachbareingang fragen, ob jemand weiß, wem der dunkelblaue Dacia gehört. Wird nach dem Grund gefragt, warum uns das interessiert, können wir ja sagen, dass wir aus der Ferne sahen, wie er heute Morgen wegfuhr und dabei ist uns aufgefallen, dass sein rechtes Bremslicht nicht funktioniert. Deshalb wollten wir ihn darauf hinweisen.« »Ja richtig, dass passt, alte Leute würden so was tun.« Die beiden klingelten an mehr als fünfzehn Knöpfen, bevor jemand antwortete. »Gehen Sie einen Eingang weiter und melden Sie sich bei Likur, gleich im Erdgeschoss, da wohnt ein Rentner, der könnte es wissen!«, bekamen sie über die Türsprechanlage zur Antwort, nachdem sie ihr Anliegen vorgetragen hatten.

»Ja, was wollen Sie, ich kaufe nichts«, meldete sich der alte Mann, indem er ein Fenster öffnete und sich hinauslehnte. Nachdem Sandra und Basti ihn aufgeklärt hatten, bat er, die beiden auf eine Tasse Tee in seine Wohnung. Das Aussehen der beiden machte ihm wohl Hoffnung auf gute Gespräche mit Leuten in seiner eigenen Altersklasse. »Sollen wir die Schuhe ausziehen«, fragte Sebastian, bevor sie die Wohnung betraten. »Ja, Hundescheiße brauch ich nicht auf meinem Teppich«, antwortete der Opa. Wenig später saßen sie am Tisch des Wohnzimmers und sahen sich um, während der Alte in der Küche hantierte, um Wasser zu erhitzen. Das Mobiliar passte zum Alter des Hausherren. Dunkelbraune verschnörkelte Möbel aus Echtholz füllten das Wohnzimmer. Passend dazu hing über dem Tisch eine Lampe mit einem mächtigen rosafarbenen Porzellanschirm. An einer Wand neben dem Fenster hing ein antiquierter Regulator, der von ansehnlichen Gewichten in Gang gehalten wurde. Gegenüber, an der anderen Wand, stand eine Kommode, die vor gerahmten Bildern fast über zu quellen schien. Nach mehreren Minuten kam der Gastgeber mit einem Tablett an den Tisch, teilte die Teegläser aus und stellte mit zittriger Hand Zucker auf den Tisch. »Woher kommen Sie, Bulgaren sind Sie nicht?«, erkundigte er sich bei seinen Gästen. »Aus der Schweiz, wir sind Urlauber. Die Hochsaison ist nichts für uns, da ist es zu warm und überfüllt«, antwortete Sandra, während sie den Zucker in ihrem Tee umrührte. »Aha, ja, ja, ja und wie alt sind Sie, wenn ich das fragen darf?«, forschte er weiter. »Edgar mein Mann ist 69, ich bin 67 und Sie?« »Ich bin 82, meine Frau ist vor drei Jahren gestorben, seither lebe ich alleine. Meine beiden Söhne sind in Sofia, der Ältere, er ist jetzt 53, hat einen kleine Laden dort. Mein jüngster ist 50 und unterrichtet an einer Hochschule. Ein paar Enkelkinder habe ich auch. Besuch bekomme ich aber nur selten. Und Sie, haben Sie Kinder?« Sandra warf ihrem Partner einen zweifelnden Blick zu, denn auf so eine Frage war sie nicht vorbereitet. »Nein leider, mit Nachwuchs hat es bei uns nicht geklappt«, antwortete Sebastians Freundin dann. »Wie schade!«, sagte der Opa, nahm seine Brille ab und begann sie zu putzen. »Bedauerlicherweise ist unser Bulgarisch nicht besonders gut, ansonsten würden wir uns gerne länger mit Ihnen unterhalten. Darf ich Sie noch mal nach dem dunkelblauen Dacia fragen?«, meldete sich Sandra. »Der was? Ach ja, ja, ja, das Auto gehört einem jungen Mann hier im Eingang. Er wohnt im 3. Stock und heißt Poruvkov. Ich kenne ihn aber nur vom sehen. Meistens kommt und geht er alleine, ab und zu besucht ihn sein Bruder. Dass es sein Bruder ist, hat mir eine Bekannte aus dem Nebeneingang erzählt. Was er so den ganzen Tag lang macht, weiß ich aber nicht. Na ja diese jungen Leute, wer weiß an was er gedacht hat, als er losfuhr und vergaß, das Licht einzuschalten. Aber gefährlich ist das schon, da haben sie Recht! Schließlich sieht er dann ja gar nicht wohin er fährt.« Sandra schnaufte, ehe sie sagte: »Nein, er hat … « Genau an dieser Stelle knuffte sie Sebastian unter dem Tisch mit seinem linken Fuß, sanft am Knöchel. Sie hielt inne und sah zu ihrem Freund, der schüttelte den Kopf dezent. Sekunden später wendete sie ihre Blicke wieder dem Rentner zu und fuhr fort: »Er hat sicher an was anderes als ans Licht gedacht, da liegen Sie bestimmt richtig. Leider ist er nicht zu Hause, sonst würden wir es ihm selbst sagen.« »Machen Sie sich keine Sorgen, ich werde das für Sie tun, wenn ich ihn wieder sehe!« »Das ist sehr freundlich, vielen Dank. Wir müssen dann auch wieder los, damit wir zum Essen rechtzeitig im Hotel sind«, versuchte Sandra ihren Aufbruch zu rechtfertigen.« »Wie bedauerlich«, klagte der Alte. »Aber die Bilder meiner Kinder und Enkel darf ich Ihnen doch wenigstens noch schnell zeigen, bevor Sie gehen?« »Ja natürlich«, antwortete Bastis Partnerin, wobei sie ihren Widerwillen gekonnt verbarg.

12

»Buh, ich dachte der hört überhaupt nicht mehr auf zu erzählen«, machte sich Sebastian Luft, als sie wieder auf der Straße standen. Sandra nickte. »Wenigstens sind wir jetzt einen Schritt weiter und wissen wo er wohnt. Es stellt sich allerdings die Frage, wie wir jetzt noch weiter an ihn ran kommen.« »Zuerst werde ich im Internet recherchieren, ob wir da was über ihn finden. Als Nächstes können wir versuchen herauszufinden, ob er vorbestraft ist. Dazu rufen wir einfach bei der Polizei an und sagen, dass er sich bei uns um einen Job beworben hat. Da wir oft größere Mengen Geld im Haus haben, wollen wir uns versichern, nur vertrauensvolle Leute einzustellen, das müsste klappen.« »Ja so machen wir es«, stimmte ihr Sebastian zu. Wenig später hakte Sandra sich im Laufen bei ihm unter.

Am späten Vormittag hatte Mihai den Deckel der Truhe komplett freigelegt. Er dachte schon daran, dass er ausgesorgt hätte, in Anbetracht der Größe des Fundstücks. Von hemmungsloser Gier getrieben, wühlte er sich an den langen Seiten des Kastens in die Tiefe, auf der Suche nach einem Schloss. Lange brauchte er nicht, um fündig zu werden. Dennoch spürte er nicht wie erhofft ein Vorhängeschloss auf, welches sich einfach mit einem Brecheisen würde öffnen lassen. Der Schließmechanismus war in die Kiste eingelassen. Einen Augenblick überlegte er, ob er den Deckel einfach zertrümmern soll, kam aber dann zu dem Schluss, es lieber nicht zu tun. Da bereits leichter Nieselregen lautlos zu Boden fiel, wollte er nicht riskieren, den Inhalt bei stärker werdendem Regen durch eindringendes Wasser zu verderben. Notgedrungenerweise legte er seinen Fund soweit frei, dass er ihn aus der Grube hiefen konnte. Mit äußerster Anstrengung, schaffte er den Kasten aus der Grube auf den Rasen. Das Fundstück war eindeutig zu schwer, um es ins Haus zu tragen, das wurde Mihai klar, als er die Truhe kurz mit der Hand anhob, um das Gewicht zu prüfen. So machte er sich auf den Weg zu seinem Auto, um einen großen Spanngurt zu holen, der immer im Heck des Wagens lag. Als er zurück war, legte er den Gurt erst um die Kiste, dann diagonal von seiner linken Schulter über die Brust. Wie ein Pferd, zog Mihai die Truhe keuchend über den Rasen, in Richtung des Hauses, wobei ihm die Nässe zu Hilfe kam.

Dort angekommen, bugsierte er seinen Fund über die Terrasse ins Innere des Gebäudes. Im Anschluss sammelte er sein Werkzeug ein, um es vor dem inzwischen stärker gewordenen Regen zu schützen. Seinen Körper hatte er so stark gefordert, dass er sich erst mal eine Pause gönnte, nachdem er die Türen hinter sich geschlossen hatte. Auf dem Boden, gegenüber der Kiste an die Wand gelehnt, trank er ein Bier. Dabei betrachtete er die Kiste. Das schwere Holz war an einigen Stellen angemodert. Auch die Stahlbeschläge, welche sich über den nach oben rundlichen Deckel spannten, zeigten Zeichen des Zerfalls. Ein mulmiges Gefühl, gegen das er sich nicht wehren konnte, beschlich ihn, als er daran dachte, was die Wahrsagerin ihm offenbarte. Mihai erinnerte sich daran, was sich die Eigentümer früherer Zeiten so alles hatten einfallen lassen, um ihre Reichtümer zu schützen, diverse Fallen, um potenzielle Diebe zu töten. Er rieb sich wiederholt mit der linken Hand die Stirn, während er an seinem Bier nuckelte. Schließlich stellte er die Flasche zur Seite und ging ein Paar Handschuhe holen. Gründlich untersuchte er das Schloss in der Mitte, einer der langen Seiten. Nachdem er alle Erdreste akkurat aus dem Schließmechanismus herausgepoolt hatte, kam er zu der Einsicht, dass er dafür keinen Dietrich basteln kann. Selbst wenn er einen Nachschlüssel anfertigen könnte, wäre die Mechanik bestimmt hoffnungslos verrostet. 'Nur nicht die Nerven verlieren. So knapp vor dem Ziel werde ich es nicht vermasseln. Ich besorge mir Trennschleifer und Schutzbrille und trenne den Deckel am Spalt zum Unterteil. Da bringe ich mir auch gleich eine Atemschutzmaske mit. Was hätte ich sonst von dem Reichtum, wenn mir irgendwelcher Schimmel oder sonst ein Gift dadurch den Spaß versaut, dass ich chronisch Lungenkrank werde', überlegte er, während er den Spalt vom Deckel zum unteren Teil mit den Fingern der rechten Hand entlang fuhr. Nachdem er den Spalt ringsrum mit den Fingern abgefahren war, erhob er sich.

Eine Stunde später hockte Mihai wieder vor dem geheimnisvollen Behälter. Vorsichtig drückte er die rotierende Scheibe des Trennschleifers, oberhalb des Schlosses unter den Deckel. Nach einer größeren Menge Holzspänen, sprühten Funken. Er fuhr über dem Schloss weitläufig hin und her, bis er keinen Widerstand mehr spürte. Dann zog er das Gerät zurück, schaltete es aus und legte es in der

Nähe auf dem Boden ab. Bevor er den Deckel anhob, setzte er eine Atemschutzmaske auf und streifte dicke Gummihandschuhe mit langen Stulpen über. Langsam öffnete er, in Erwartung möglicher Gefahren, den Deckel. Das Schwerste an der Kiste, war augenscheinlich die Kiste selbst, deren dickes Eichenholz wohl die Ewigkeit überdauern sollte. Mihai erblickte eine Matrix aus neun Gefäßen, die von einem Brett, in dem sich passende Vertiefungen befanden, auf Abstand gehalten wurden. Neben den Gefäßen steckte seitlich eine Art Handbuch, das aus nur wenigen Seiten bestand. Er zog das Büchlein heraus. Schnell erkannte er, dass es auf Altgriechisch verfasst war. Über die Sprache las er etwas zu der Zeit, als er auch den Hinweis auf den Schatz selbst entdeckte, jedoch war er ihrer nicht mächtig. Als großes Problem stufte Mihai die Übersetzung aber nicht ein. Notfalls würde er nach Griechenland fahren, um die Schrift übersetzen zu lassen. Dann zog er nach und nach die Gefäße aus der Kiste und betrachtet sie. Allesamt waren zylindrisch, circa 15 Zentimeter hoch mit Deckel und besaßen ungefähr 6 cm Durchmesser, komplett aus einem silbrigen Metall gefertigt und mit Nummern beschriftet. 'Das ist blöd, bloß Silber, wenn überhaupt. So simpel wie die Dinger aussehen, werde ich die bestimmt noch nicht mal an einen Sammler los', grämte er sich. Entmutigt öffnete er nacheinander die Kappen der Behälter und schloss sie wieder. Kristalline und pulvrige Substanzen in teils unterschiedlichen Farben kamen zum Vorschein. Verunsichert stellte er das letzte Gefäß zurück an seinen Platz, dann nahm er das Buch noch mal zur Hand. Er fand die Zahlen auf den Gefäßen, in Form von Listen darin wieder, konnte aber nicht entziffern, was dahinter stand. Es sah sehr stark nach Rezepturen aus, welche mithilfe der Substanzen in den Behältern zu mischen waren. Neue Hoffnung keimte in ihm auf, als er daran dachte, wie viel Geld so manches Mittel brachte, wenn es nur richtig vermarktet wurde. 'Möglicherweise so eine Art Viagra aus der Römerzeit', frohlockte er innerlich, obwohl er selbst im Moment keine Verwendung dafür hatte. Zu häufig stieg Mihai in letzter Zeit verspannt aus dem Bett und musste dann oft minutenlang warten, bis er endlich seine Blase leeren konnte. Vorsorglich hatte er eine Transportbox aus dem Baumarkt mitgebracht, wo er den Trennschleifer kaufte. Nachdem er jedes der Gefäße in Küchenpapier eingewickelt und in der Box verstaut hatte, packte er das

Buch obendrauf und machte sich mit seinem Schatz auf den Heimweg.

Der Nachmittag war düster und der Regen prasselte auf das Dach des Bungalows. Sandra und ihr Freund lagen im Wohnzimmer auf dem Sofa unter einer samtweichen Decke. Im Radio lief leise Musik. Auf dem Boden vor der Couch, in Bastis Reichweite, stand eine fast leere Flasche Prosecco. Aufgrund der Witterung, wollten sie den Rest des Tages in ihrer Unterkunft verbringen. Die Nachforschungen über Mihai ergaben, dass er mit an Sicherheit grenzender Wahrscheinlichkeit bisher keine Straftaten begangen hatte. Sandra lag auf Sebastian. Er spürte ihre Wärme auf seinem Bauch und seiner Brust. Ihr langsam, die Rückseiten der Oberschenkel mit den Händen auf und ab streichend, sagte er: »Morgen soll das Wetter besser werden, zumindest soll es nicht regnen. Da er heute schon sehr früh im Massagesalon war, denke ich, werden wir morgen erst in Ruhe ausschlafen. Wenn er irgendwo unterwegs ist, macht es keinen Sinn, ihn ohne Auto zu verfolgen. Deshalb sollten wir uns morgen einen Mietwagen nehmen. So wie es aussieht, hat er keine Ahnung, dass wir ihm auf den Fersen sind. Den Eindruck wie ein richtiger Profi macht er auf mich nicht. Schwieriger wird es allerdings für uns, erneut in seine Nähe zu kommen. Treten wir wieder als Paar auf, wird er möglicherweise misstrauisch. Um in seine Wohnung zu kommen, müsstest du die Vertreternummer für den Tiefkühlkostlieferservice abziehen und zwar alleine. Das könnte in zweifacher Hinsicht klappen. Zum einen müsste er als Single an Schnellgerichten interessiert sein, zum anderen an der Weiblichkeit, dass er auf Frauen steht, wissen wir ja von unserem ersten Besuch. Ich meine damit nicht, dass du dich ihm hingeben sollst. Dabei denke ich mehr an eine Gratwanderung, wo du ihm was fürs Auge bietest, damit er anbeißt und dich in seine Wohnung lässt. Einen großen Ausschnitt und so, du weißt schon. Ich werde die ganze Zeit mit dir über Ohrstöpselfunk in Verbindung bleiben und mich in der Nähe seiner Wohnung im Auto aufhalten, damit ich dir im Notfall zu Hilfe kommen kann. Bist du drin, kannst du eins von den Abhörgeräten, die über das Handynetz funktionieren, in seiner Behausung platzieren. Da er alleine lebt, wird vermutlich nicht viel zu hören sein. Die Dinger haben allerdings eine Sprachaktivierung, sodass wir nicht stundenlang umsonst lauschen müssen. Was hältst du davon?«»Hört sich ganz vernünftig an. Als er im Garten stand, wirkte er auch nicht wie ein Experte auf mich. Meine Entführung, dass mit dem Keller und so, empfand ich aber keineswegs als amateurhaft. Das irritiert mich schon, wenn ich ehrlich sein soll«, entgegnete Sandra. Basti gab ihr einen Kuss auf die Stirn. »Ich werde auf dich aufpassen, versprochen, du bist schließlich das wertvollste was ich besitze!«

Als Mihai zu Hause ankam, passte ihn der Rentner aus dem ersten Stock im Hausflur ab. »Guten Abend Herr Poruvkov. Heute war ein Paar bei mir und wies mich darauf hin, dass Sie Ihr Licht nicht eingeschaltet haben. Ihr Licht müssen Sie unbedingt einschalten, wenn es dunkel ist!«»Was für ein Licht?«»Das von Ihrem Auto.«»Von meinem ... Auto? Was waren das für Leute, war es zufällig ein Hippiepärchen?«»Nein«, schüttelte der Alte seinen Kopf. »Es war ein nettes Paar aus der Schweiz nicht viel jünger als ich.« Mihai zog die Stirn in Falten und überlegte, ob er am Morgen ohne Licht losgefahren war. Die Transportbox unter seinem linken Arm wurde ihm langsam zu schwer und so ruckte er sie nach oben, um sie besser fassen zu können. »Ja danke für den Hinweis, ich werde in Zukunft darauf achten, dass es eingeschaltet ist ..., mein Licht.« Damit drehte er sich um und begann die Treppe hinauf zu steigen. Seine grauen Zellen arbeiteten weiter, während er die Stufen erklomm: 'Ist der Opa einfach nur senil oder waren wirklich zwei Gestalten da, die mit ihm wegen meinem Licht gesprochen haben. Na ja, wenn sie wirklich da waren, können es schon Schweizer gewesen sein, die sind ja für ihre Präzision bekannt. Das Problem ist nur, dass ich mir ziemlich sicher bin, dass das Licht eingeschaltet war, trotz meiner Müdigkeit.'

Nach dem Betreten seiner Wohnung stellte Mihai die Box im Flur ab. Nachdem er sich im Bad gereinigt hatte, nahm er das Buch aus der Transportbox an sich und machte es sich damit im Wohnzimmer auf dem Sofa bei einer Flasche Bier behaglich. Einige Buchstaben konnte er entziffern, jedoch nicht genügend, um den Sinn der Worte zu verstehen. Nach einer Weile legte er das Schriftstück aus der Hand und entschloss sich seinen Bruder an zu rufen.

»Hallo Mihai, was gibt es?«, meldete sich Tiberius.

»Ist irgendwann in der letzten Zeit ein Pärchen an dich heran getreten, das Informationen für mich hatte oder über mich wollte?«

»Was meinst du?«

»Ein Paar Hippies, um die Zukunft vorher zu sagen oder Rentner, denen irgendwas aufgefallen ist, zum Beispiel, dass ich vergessen habe, das Licht am Auto einzuschalten.«

»Nein sicher nicht, da kann ich dich beruhigen«

»Ist dir sonst irgendwas komisch vorgekommen?«

»Na ja, heute Morgen mein Chef, als er sagte, dass er mich nicht umsonst bezahlt und heute Abend meine Frau, nachdem sie mir ihr dreiundzwanzigstes Paar Schuhe präsentierte. Das wärs aber eigentlich gewesen, soweit ich mich erinnern kann.«

Mihai lachte lauthals ins Telefon.

»Nein, so was meine ich nicht. Ich denke da mehr an Leute, die mich ausspionieren wollen.«

»Fängst du an durch zu drehen?«

»Nein es gab wirklich ein Hippiepärchen und das Rentnerpärchen möglicherweise auch!«

»Was meinst du mit, das Rentnerpärchen gab es möglicherweise auch?«

»Die waren bei dem alten Likur aus dem Erdgeschoss und haben ihm gesagt, dass mein Licht nicht an war. Behauptet er zumindest.«

»Ja und, hast du neuerdings Angst vor Rentnern und Hippies?«

»Nein Angst ist es nicht …, vielleicht habe ich einfach nur zu viel gearbeitet und zu wenig geschlafen. Apropos, ich hab schon was gefunden. Das ist jetzt hier in meiner Wohnung. Hast du nicht Lust auf ein Bier rum zu kommen, dann kannst du es dir ansehen.«

»Gemacht, in einer halben Stunde bin ich da!«

»Schön, dann bis gleich«, sagte Mihai und beendete das Gespräch.

Als Tiberius bei Mihai eintraf, saß dieser vor dem Computer und suchte nach Möglichkeiten der Übersetzung ins Altgriechische. Dabei stach ihm die Homepage des Übersetzungsbüros einer Griechin ins Auge, welche sich in Varna niedergelassen hatte. Nachdem er seinen Bruder in die Wohnung gelassen hatte, zeigte und erklärte er Tiberius die Behälter, die sich noch immer in der Box im Flur befanden. Nach einer kurzen Inspektion der Gefäße nahm Tiberius in einem Sessel, schräg gegenüber von Mihai, der sich zuvor die Adresse der Übersetzerin notiert hatte, im Wohnzimmer Platz. »In den Dosen könnte alles Mögliche sein. Im schlimmsten Fall Gift«, sagte Mihais Bruder, nachdem er dessen Theorie zu den Rezepturen, inklusive der Hoffnung auf gewinnträchtige Vermarktung gehört hatte. »Der Dreh- und Angelpunkt ist die Schrift, ich kenne auch niemanden, der sich mit Altgriechisch brauchbar auskennt, da wirst du dir schon von der Übersetzerin helfen lassen müssen. In dem Fall ist es für meine Begriffe ein heißes Eisen, wenn du bei der Mischung nur einen Fehler machst, kann die Wirkung verloren gehen oder sich ins Gegenteil verkehren. Dabei wissen wir nicht mal, was dabei rauskommen soll, wenn die Mixtur stimmt. Aber immerhin hast du nicht ganz umsonst gegraben.« Tiberius erzählte noch längere Zeit von dem was sich in seinem Umfeld ereignet hatte, seit er seinen Bruder das letzte Mal sah. Nicht lange nach Mitternacht verabschiedete Mihai seinen Bruder an der Wohnungstür.

Freitagmorgen, erste Dezemberwoche 8:35 Uhr. Sebastian saß bereits mit einer Tasse Kaffee vor dem Computer. Am Couchtisch des Wohnzimmers sitzend, suchte er den Aufenthaltsort von Mihai. Seine Freundin erschien im Bademantel und mit dicken Socken an den Füßen in der Tür. »Wo ist er jetzt?«, fragte sie, mit den Händen in den Taschen des Mantels. »Gar nicht soweit weg, ein paar Kilometer nordöstlich von uns, in einer dünn besiedelten Gegend. Den Standort notiere ich mir, wenn wir einen Wagen gemietet haben, fahren wir hin und sehn uns das mal an.« »Okay, willst du was frühstücken? Soll ich dir was aus der Küche mitbringen?« »Nein«, wehrte Sebastian ab, wobei er weiter auf den Bildschirm des Computers sah. »Ich hab schon ein Stück Sandkuchen konsumiert, mehr brauche ich erst mal nicht.« Sie drehte sich um und verschwand kommentarlos in der Küche.

Um 11:27 Uhr, chauffierte Basti seine Liebste, in einem alten Opel Corsa zu dem Ort, an dem er zuvor Mihais Fahrzeug lokalisierte. Dass der Dacia nicht mehr dort war, wussten sie, da der eingeschaltete und mit dem Handy verbundene Laptop, auf den Knien der Beifahrerin stand. Sie fanden ein schmuckloses Haus, vor dessen Tür, ein nicht mehr ganz neuer schwarzer Volvo 460, halb auf dem Gehsteig parkte. In größerem Abstand, hinter dem Volvo, stellte Sebastian den Corsa ab. Basti trug zitronengelbe kurze Haare, einen angeklebten Schnauzer und ein Piercing zum Klemmen im rechten

Mundwinkel an der Unterlippe. Unter einem Sakko aus Hirschfell kleidete ihn ein dicker Pullover, dazu eine legere dunkelbraune Hose mit großen gelben Karos. Sandra versteckte sich unter einer dunkelroten Perücke mit Zopf. Ihre Kleidung bestand aus einem ausgewaschenen Jeansanzug, deren Jacke ein Pelzkragen zierte. Gegenseitig prüften die beiden ihr Aussehen nochmals, bevor sie bis zur Haustür gingen und klingelten. Es dauerte mehrere Minuten, ehe sie Schritte im Haus wahrnahmen, welche sich der Tür näherten. Eine große dunkelhaarige Frau begrüßte die beiden, wobei sie Sandra und ihren Freund von Kopf bis Fuß musterte. »Wenn Sie wegen einer Übersetzung kommen, kann ich Ihnen jetzt schon sagen, dass es an diesem Wochenende nichts mehr wird, da bin ich ausgebucht«, sagte die Hausherrin. Sandra sah ihren Partner an, dann lenkte sie ihre Blicke zur Griechin. »Nein wir …, wegen einer Übersetzung sind wir nicht her gekommen. Sie hatten heute Morgen Besuch von einem jungen Mann. War er wegen einer Übersetzung bei Ihnen?« »Sind Sie von der Polizei?« »Nein, er ist …, ich bin Schwanger von ihm und er hat mich sitzen lassen. Bevor er abgehauen ist, nahm er einige von den alten Schriften mit, einige der wenigen Besitztümer, die ich von meiner Oma geerbt habe. Wissen Sie ich habe nicht viel Geld und er hat mich nicht nur im Stich gelassen, sondern auch noch beklaut. Und nun hilft mir mein Bruder, ihn zu suchen.« Dabei deutete sie mit der linken Hand auf Basti, der zustimmend nickte. Dann fuhr Sandra fort: »Zufällig sahen wir seinen Wagen, heute Morgen, im Vorbeifahren unten an der Kreuzung, hier in der Seitenstraße stehen. Bei der nächsten Gelegenheit haben wir gewendet und sind hergefahren, da war er aber schon weg.« Die Griechin löste ihre Arme, welche sich verschränkt vor ihrer Brust befanden und platzierte ihre Hände auf den Hüften. »Na so ein Schwein«, sagte sie entschlossen und forderte die beiden auf, zu ihr ins Haus zu kommen. Durch eine kleine Diele gelangten die drei in ein ebenerdiges Arbeitszimmer. Neben einem stattlichen Schreibtisch mit Computer, der vor dem einzigen, jedoch großzügigen Fenster stand, gab es noch einen langen hellgrauen Blechschrank mit Schiebetüren, an der linken Wand. Den hüfthohen Schrank krönten mehrere Zimmerpflanzen und eine Kaffeemaschine, die vor sich hin knackte und zischte. In der Nähe der Tür, befand sich rechts eine nüchterne Sitzgruppe, bestehend aus rechteckigem Tisch und vier Stühlen.

»Nehmen Sie sich bitte zwei von den Stühlen mit zum Schreibtisch «, forderte die Dame des Hauses und wies mit der rechten Hand auf die Sitzecke. »Er hatte altgriechische Schriften bei sich«, begann die Spezialistin, nachdem alle eng um den Monitor der Rechenmaschine herumsaßen. Die Übersetzung habe ich noch in meinem Computer gespeichert. Ich drucke sie Ihnen aus. Was es allerdings bedeuten soll, ist mir nicht ganz klar. Es muss so eine Art Rezept sein. Anstelle genauer Angaben zu den Inhaltsstoffen, gibt es nur Zahlen mit Mengenzuordnung. Darüber hinaus ist die genaue zeitliche Reihenfolge der Mischung angegeben und als äußerst wichtig beschrieben. Die Listen sind in sich abgeschlossen und mit Begriffen wie Fisch, Fleisch und Pflanzen versehen. Hat Ihnen Ihre Großmutter nichts darüber erzählt?« Sandras Augen waren noch auf die Listen gebannt, als sie antwortete: »Nein ..., sie hat nie ... mit mir darüber gesprochen, zu ihren Lebzeiten, ich wusste nicht mal, dass sie so was besitzt. Ich dachte nur, dass ich die Unterlagen vielleicht bei einem Antiquitätenhändler zu Geld machen kann, wenn es hart auf hart kommt.« Die Griechin sah Sandra prüfend an, dann sagte sie: »Mit etwas Glück finden Sie möglicherweise einen Käufer. Auf sehr viel Geld würde ich an Ihrer Stelle aber nicht spekulieren, weil man mit dem, was da geschrieben steht, so nichts anfangen kann. Da gehört noch was dazu, um die Sache zu komplettieren. Sie müssten herausfinden, was sich hinter den Zahlen verbirgt. Der Vater Ihres ungeborenen Kindes, dieser Schuft, sagte, er habe die Papiere auf dem Dachboden gefunden und die Neugier ließ ihm einfach keine Ruhe, weshalb er die Übersetzung wollte.« »Gefunden, ja so kann man das auch nennen!«, entrüstete sich Sandra mit gespielter Wut und fuhr fort: »Vielen Dank, Sie haben uns sehr geholfen! Was sind wir Ihnen schuldig?« Die Übersetzerin nahm Sandras rechte Hand zwischen ihre beiden Hände und sah sie verschwörerisch an. »Ist schon gut das ist gratis, schließlich müssen wir Frauen zusammenhalten, gegen diese ...«, sie warf Sebastian einen Seitenblick zu und sprach nicht weiter. Mit den frisch gedruckten Unterlagen verließen Basti und seine Freundin das Haus, wobei sie der Griechin, die ihnen nachsah, vom Gehsteig aus nochmal flüchtig winkten.

Im Auto blätterte Sandra die Seiten erneut durch, während Basti losfuhr. »Das war es, wonach er im Garten grub. Woher aber wusste er nur davon? Als ich das Grundstück erworben habe, zeigte keiner außer mir Interesse daran.« »Ja sieht so aus, dass er danach suchte. Woher er es wusste, kann bestimmt nur er alleine erklären. Wir können uns jetzt alle möglichen Hypothesen zurechtlegen, von denen aber zum Schluss vermutlich doch keine richtig ist.« Die beiden entschlossen sich zum Massagesalon zu fahren, nachdem sie über den Peilsender herausgefunden hatten, dass Mihai nicht dort war. Auch während der Fahrt prüften sie zeitnah den Aufenthaltsort ihres Zielobjektes.

13

Der Opel rumpelte halb auf den Bordstein und kam am Gartenzaun, in Blickrichtung der Grube zum Stehen. »Du bleibst hier und warnst mich, wenn er her kommt, dann verkrümeln wir uns. Es ist besser, wenn wir uns noch nicht zu erkennen geben, um noch mehr über ihn herauszufinden.« Basti kletterte an einer geeigneten Stelle über den Zaun. Seine Freundin blieb im Wagen und starrte gebannt auf das Display des Computers. Minuten später stand Sebastian an dem Erdloch, welches inzwischen wieder mit Wasser vollgelaufen war. An der Menge des ausgehobenen Erdreichs, das sich neben dem Loch auftürmte, erahnte er, wie tief die Grube sein musste. Minuten verbrachte er damit, die Umrisse des Erdlochs und das schmutzig braune Wasser darin zu betrachten, dann entdeckte er im Rasen die Markierungen, die Mihai aufgrund der Anzeige seines Metallsuchgerätes in der Grünfläche hinterlassen hatte. Den Markierungen folgte Basti bis zum Haus. Dort angelangt, inspizierte er die Wände des Gebäudes und die Fenster. Schäden konnte er dabei nicht entdecken. Nachdenklich machte er sich auf den Rückweg zu seiner Freundin. »Und?«, fragte sie, als er wieder hinter dem Lenkrad saß. »Das ist eine ziemlich tiefe große Grube, kaum zu glauben, dass er darin nur ein Buch gefunden hat.« Richtung Bungalow losfahrend, erzählte Sebastian, was er sonst noch gesehen hatte.

Varna, letzte Aprilwoche 593, 19:30 Uhr, Dienstagabend. Octavian Oranius Gallus, enger Freund des römischen Stadthalters von Varna, war auf dem Rückweg von einem Arzt zu seinem Anwesen. Seit Monaten schon plagten ihn sporadisch auftretende Schmerzen in der Magengegend. Sein Doktor konnte nicht viel mehr für ihn tun, als ihm zu Opium raten. Die wahren Gründe des Leidens seines Patienten blieben ihm verborgen. Octavian hielt sein Pferd, nicht endlos weit vom Meer entfernt, an. Missmutig dachte er daran, dass er es nicht mehr lange machen würde. Zwar hatte er schon einiges geregelt, um seiner Frau Antonia auch nach seinem Tod ein standesgemäßes Leben zu sichern, wie ernst die Lage wirklich war, wusste sie jedoch bis jetzt nicht. Ihre beiden Söhne, Marcus und Augustus, kehrten nicht mehr von den Schlachtfeldern zurück. Nachdem sie alle beide bereits vor über fünf Jahren, kurz hintereinander verloren, wollte er anschließend keine Kinder mehr. Vom Alter her wäre es ihm mit seinen 44 Jahren rein biologisch noch möglich gewesen, erneut Vater zu werden, doch wollte Octavian seiner Frau, welche nur zwei Jahre jünger war als er selbst, so was auf die späten Jahre nicht mehr zumuten. Sie zu verlassen, um mit einer Jüngeren von vorne an zu fangen, kam ihm auch nicht in den Sinn, dazu hing er zu sehr an seiner Antonia. An diesem warmen Frühlingsabend, schien sich seine Entscheidung bezüglich des Nachwuchses zu bestätigen, als ein irrsinniger stechender Schmerz seinen Leib durchzuckte. Er stieg von seinem Pferd ab und führte es zu einem nahegelegenen Baum. Dort band er es fest. Die linke Hand an den Bauch gepresst, wühlte er in einer Satteltasche nach Opium und Wein. Sitzend, mit ausgestreckten weit gespreizten Beinen an den Baum gelehnt, an dem sein Pferd angebunden war, nahm er die Droge zu sich, um vor Schmerzen nicht den Verstand zu verlieren. Nur sehr langsam besserte sich seine Lage. Ihm gegenüber circa 10 Meter entfernt, ragten ein paar Gesteinsbrocken mehr als einen Meter aus der Erde. 'Das ist doch kein Leben mehr mit so einem Gebrechen. Ich werde ein Ende machen, was soll schon noch groß kommen, im Rest meines Daseins als Mensch, außer Schmerzen und Drogen. Dahinsiechen will ich einfach nicht, das ist mir die ganze Sache nicht mehr wert. Mit etwas Glück findet meine Frau wieder einen Mann und wenn nicht, na ja, die Jahre der Jugend sind eh vorbei und wir haben sie nicht tatenlos an uns vorüber ziehen lassen, unsere besten Jahre. Wir waren uns oft und lange sehr nahe und haben alles ausprobiert, was man sich nur vorstellen kann', überlegte er, und ein zufriedenes Lächeln breitete sich auf seinem Gesicht aus.

Die Dunkelheit war im Begriff den Tag zu besiegen, als Octavian sein Pferd in den zum Haus gehörenden Stall brachte. Während es sein Diener von seinem Geschirr befreite und mit Nahrung und Wasser versorgte, ging er langsam ins Haus. Dabei grübelte er, ob er seiner Frau von seinem Plan erzählen sollte. Als er sah, wie sie ihm mit ausgebreiteten Armen und glücklich funkelnden Augen entgegen kam, um ihn zu begrüßen, wusste er, dass er ihr, sein Vorhaben an diesem Abend nicht gestehen würde. »Was sagt der Doktor, wann wirst du wieder gesund?«, erkundigte sich Antonia bei ihrem Mann. »Genaues kann er mir nicht sagen, das steht nicht in seiner Macht. Ich muss eben Geduld haben und soll nicht zu fett essen, meint er. Ich persönlich werde aber, was das Essen anbelangt, in Zukunft schon Ausnahmen machen, wenn was Gutes auf dem Tisch steht. Lange, vielleicht viel zu lange, habe ich seine Ratschläge genau befolgt, genützt hat es aber nichts. Ich nehme es ihm nicht ernstlich übel, schließlich ist er auch nur ein Mensch und kann nicht alles wissen.« Seine Frau nickte verständnisvoll, nahm ihn an der Hand und führte ihn zu einer für zwei Personen gedeckten Tafel. Es stand nicht viel darauf, außer Brot, Käse, diversen Salaten, Obst und Wein. Nach einem kleinen Abendmahl, machte es sich Antonia mit ihrem Mann auf einem Lager von bunten Kissen und Stoffen im Kerzenschein bequem. »Vielleicht solltest du es noch bei einem anderen Medicus versuchen«, sagte sie, wobei sein Kopf auf einem Kissen seitlich an ihrer linken Brust lag und sie ihm mit der linken Hand das bereits angegraute lockige Haar gemächlich durchfuhr. Sein linker Arm lag über ihren Bauch ausgestreckt. Mit seiner linken Hand fuhr er an ihrer rechten Seite von der Brust bis zur Hüfte langsam auf und ab. »Das würde ich«, entgegnete Octavian. »Nur gibt es in der Nähe niemanden weiter, dem ich mehr zutraue, als meinem jetzigen Arzt.« »Bei der kapriziösen Neria warst du aber noch nicht, soviel ich weiß.« »Nein, das stimmt, aber sie ist ja kein Mediziner im Vergleich zu den anderen. Die Leute sagen, dass sie nicht ganz richtig ist, im Kopf. Was soll dabei schon raus kommen?« Antonia antwortete: »Ja die Leute halten nicht viel von ihr, trotzdem munkeln einige, dass sie sich mit Magie auskennt.« »Ja die Leute«, brummte Octavian ärgerlich und fuhr in lebhafterem Ton fort: »Es passt ihnen nicht, dass sie für sich alleine lebt und trotzdem mit der Hinterlassenschaft ihrer Familie und ihren Nähkünsten über die Runden kommt. Auch wenn sie nicht viel redet, ist sie doch immer nett und hat meistens ein Lächeln auf den Lippen. Dass sie so still ist, liegt gewiss daran, dass ihre ganze Familie vor ihren Augen ermordet wurde, als sie noch ein Kind war. Man sagt sie hatte sich in einem Korb versteckt und sah von da aus alles mit an, die Schreie, die blutigen Schwerter und die Männer, die es getan haben. Ihr relativ freies Leben danach, ihre Jugend und Schönheit, bringt ihr sicher viele Neider ein und so versucht man ihr irgendwas an zu hängen, um sich ab zu reagieren.« Seine Frau wiegte ihren Kopf bedächtig. »Es ist durchaus möglich das alles bloß Gerüchte sind. Trotzdem finde ich, du solltest es probieren, da dir sonst niemand helfen kann.« »Na gut, da sie mit den Künsten, die ihr die Leute nachsagen nicht für sich wirbt, müsste ich zu ihr gehen und mir ein Kleidungsstück anfertigen lassen. Eines musst du mir aber versprechen, wenn sie wirklich tut was über sie geredet wird und ihre Methoden bei mir keinen Erfolg haben, darfst du sie nicht verurteilen. So nach dem Motto, mein Mann war bei ihr und jetzt ist es noch schlimmer geworden mit ihm. Selbst dann nicht, wenn ich sterben sollte.« Antonia sah ihn sorgenvoll an. »Wie kommst du darauf, dass ich so etwas tun würde?« Er nahm ihren linken Handrücken zum Mund und küsste ihn. Dann sagte er: »Ich weiß, dass du ein guter Mensch bist und ich wollte dich damit nicht beleidigen. Die Trauer über den schmerzlichen Verlust eines geliebten Menschen, kann aber zu unüberlegten Gedanken und Äußerungen führen. Ich wollte dich nur vorsorglich daran erinnern, das Mädchen dafür nicht auch noch mit übler Nachrede zu bestrafen, dass sie eventuell versucht hat, mir zu helfen.« Seine Frau schluckte und ihre Augen wurden feucht. »Ich verspreche es dir! Um dich steht es schlimmer, als du es mir bisher gesagt hast, stimmts?« Octavian legte seine linke Hand auf seinen Bauch. »Ja stimmt, es sieht nicht gerade gut für mich aus. Kann sein, dass ich nicht mehr lange lebe. Die Dinge sind aber nun mal so wie sie sind und ich bin kein junger Mann mehr, damit müssen wir uns abfinden.«

Am Vormittag des folgenden Tages besuchte Octavian, Neria. Nachdem er sich vorgestellt hatte und ihr sagte, dass er ein Hemd für besondere Anlässe brauche, bat ihn die junge Schneiderin ins Haus. Sie führte ihn in ein Zimmer, in das durch ein geöffnetes Fenster die Frühlingssonne schien. Eine große braune Katze lag in der Fensterbank und wärmte sich das Fell. In der Mitte des Raumes stand ein großer stabiler Holztisch auf dem Nerias Handwerkszeug lag. Die Wände des hellen Zimmers säumten hohe bunte Bodenvasen im Wechsel mit exotischen Pflanzen. Neria begann Maß zu nehmen, dabei betrachtete Octavian sie eingehend. Blonde lockige gepflegte Haare umrahmten ihr symmetrisches ovales Gesicht. Die vollen roten Lippen geschlossen, folgten ihre kräftig blauen Augen, die von breiten dunklen Brauen gekrönt wurden, den Wegen auf dem Oberkörper ihres Besuchers, welche für die Maße des neuen Kleidungsstücks wichtig waren. »Darf ich Sie was fragen«, begann Octavian. Sie sah ihm in die Augen und blinzelte. »Ja, fragen Sie!« »Ich habe gehört, dass Sie Krankheiten heilen können. Ist das wahr?« Neria schaute leicht zur Seite, dann wieder zu Octavian. »Wer behauptet das denn?« Er sog die Luft ein. »Die Leute in der Stadt. Es kursiert die Geschichte von einem jungen Mann, einem Bauern, der ohne ihre Hilfe gestorben wäre. Konnten Sie ihm wirklich helfen?« Ein sanftes Lächeln kam in Nerias Antlitz. »Ach darum geht es«, sagte sie dann leise. »Ich kannte ihn vom Markt, da habe ich öfters Gemüse bei ihm gekauft. Eines Tages sah er schlecht aus, hatte fahle Haut und dunkle Ringe unter den Augen. Sein Zustand wurde in der darauf folgenden Zeit nicht besser, schließlich fragte ich ihn was er hat, weil er so bedrückt aussah. Er wüsste es nicht und für einen Arzt hätte seine Familie kein Geld, klärte er mich auf. Ich ging der Sache weiter auf den Grund und bekam heraus, dass er appetitlos war und unter Übelkeit litt. Die Frau, die mich nach dem Tod meiner Familie bei sich aufnahm, bis ich auf eigene Beinen stehen konnte, kannte sich mit Heilung gut aus. Sie behielt es aber für sich und teilte ihr Geheimnis nur mit mir, denn sie fürchtete, mit Zauberei in Verbindung gebracht zu werden. Sie meinte, dass die angesehenen Mediziner häufig hinter solchen Gerüchten stecken, denn sie wollen keine lästige Konkurrenz. Oft haben diese Leute auch einflussreiche Freunde, die ihnen dabei helfen, die Dornen in ihren Augen mundtot zu machen oder komplett zu beseitigen. Ganz falsch lag sie damit offenbar nicht, wenn ich höre was die Leute jetzt über mich reden. Und dann, ist da ja auch noch die Geschichte mit Jesus, den sie ans Kreuz geschlagen haben, obwohl auch er den Kranken beistand. Die Entscheidung ihm zu helfen, fiel mir deshalb auch nicht leicht. Irgendwie tat er mir trotz der Warnung meiner Tante aber zu sehr leid. So versuchte ich mein Glück und mischte ihm eine Medizin. Jedoch legte ich dem Jungen ans Herz, nicht darüber zu sprechen, was er mir auch zusicherte. Wie es heraus gekommen ist, würde mich sehr interessieren. Er hat so vertrauenswürdig gewirkt wie Sie, dennoch bin ich nun wegen ihm in keiner schönen Situation, verstehen Sie?« Octavian räusperte sich. »Ja, ich denke schon. Das Einzige was ich tun kann, um Ihr Vertrauen zu gewinnen, ist herauszufinden, wie die Sache die Runde gemacht hat, nehme ich an.« Sie nickte fast unmerklich. »Gut dann beschreiben Sie ihn mir, so gut Sie können.« Sie tat was Octavian verlangte und wusste sogar seinen Namen, Flavius.

Nachdem Neria alle Maße hatte, begab sich Octavian geradewegs zum Markt. Es war schon sehr warm in der Mittagssonne, als er durch die farbenprächtigen Angebote der Händler schlenderte, welche zum Teil auf dem Boden hockten. Octavian hielt Ausschau nach Flavius, konnte ihn aber nirgends finden. Schließlich fragte er einen alten Mann, der Töpfe feilbot, nach dem Gesuchten. Von dem Alten erfuhr er, wo sich das Land der Bauernfamilie befand. Im Anschluss an einen kleinen Snack, in der Nähe des Marktes, machte sich Octavian auf den Weg. Nach dem er mehr als anderthalb Stunden geritten war, legte er eine Rast an einem schmalen Bach ein, ließ sein Pferd trinken und genehmigte sich, durch das frische Grün und ein Meer von Blüten auf und ab laufend, etwas Wein. In größerer Entfernung erhob sich ein Wäldchen aus dem Octavian einen Specht hämmern hörte und über dem ein großer Vogel am tiefblauen Himmel majestätisch seine Runden zog. Fünfzehnminuten später setzte er seinen Weg fort. Nach fast einer Dreiviertelstunde gelangte er, über einen unbefestigten, sich sanft schlängelnden ausgefahrenen Weg, in dessen Mitte das Gras wucherte, zu dem Hof den er suchte. Ruhig und Friedlich lag das Gehöft in der Nachmittagssonne, als er von seinem Ross stieg. »Hallo!«, rief er laut, als er durch die offenstehende Tür das Haus betrat. Niemand meldete sich. Octavian wanderte durch das spartanisch eingerichtete, aber saubere Bauernhaus nach hinten in den Hof. Plötzlich preschte ein großer zotteliger Hirtenhund laut bellend auf ihn zu. Octavian blieb stehen und zeigte keine Angst, bis der Hund sich beruhigte. Seinen Instinkten folgend, die ihm vermittelten, dass von dem Besucher keine Gefahr ausging, kam das Tier näher und begann an den Stiefeln des Fremden zu schnuppern. Ein paar Sekunden bückte sich Octavian und kraulte den Hund am Hinterkopf, was ihm sichtlich gefiel. In einiger Entfernung zum Haus, befand sich eine große Scheune, deren Tore weit offen standen. Nachdem er dem Hund freundschaftlich die Seiten getätschelt hatte, erhob sich Octavian und ging geradewegs zu dem Eingang der Scheune, wobei er noch mehrmals: »Hallo, hallo ist hier jemand«, rief. Gerade als er in das Lagerhaus aus Brettern hineinblickte, meldete sich eine Frauenstimme von hinten: »Wer sind Sie? Was wollen Sie?« Octavian drehte sich eilig um, vor ihm stand eine dicke Bäuerin mit verwitterter roter Gesichtshaut. In ihren knubbeligen mit stark strapazierter Haut bezogenen Händen, hielt sie eine Mistgabel. »Keine Angst ich will Ihnen nichts tun«, sagte Octavian mit ruhiger Baritonstimme. »Was wollen Sie dann?«, forschte die Bäuerin, noch immer kampfbereit. »Es geht um Ihren Sohn Flavius, ich muss mit ihm reden!« »Wir brauchen ihn hier! Ihr könnt ihn uns nicht einfach wegnehmen und in einen Waffenrock pressen!«, protestierte die dicke Frau. Octavian schüttelte seinen Kopf. »Nein, nein, darum geht es nicht, ich will nur mit ihm reden, es ist wichtig.« Die Bäuerin stellte die Mistgabel, die sie zuvor mit beiden Händen fest umklammert hatte mit den Spitzen auf den Boden, und hielt sie nur noch mit der rechten Hand. »Hat er was ausgefressen?« »Nein das ist es auch nicht!«, wehrte Octavian ab. »Es geht um seine Krankheit und die Frau, die ihn geheilt hat.« Die dicke spielte nervös mit den Lippen und ihr Gesicht wurde noch röter. »Das Flittchen wollte ihn mir wegnehmen. Von unserem Nachbarn habe ich gehört, dass sie ihm auf dem Markt schöne Augen gemacht hat. Er gehört nicht in die Stadt! Hier ist sein Platz und gesund geworden, wäre er auch ganz bestimmt von alleine wieder, sage ich Ihnen! Auch wenn sie hergekommen wäre, was hätte es uns genützt, dass zarte Ding taugt nicht zur Landarbeit, das kann ich Ihnen versichern«, bellte sie. Octavian wurde der Hals eng und er dachte: 'Du hast Neria also ins Gerede gebracht, du Miststück', jedoch beherrschte er sich und sagte nichts über seine Erkenntnis. »Wo ist Ihr Sohn jetzt?«, fragte er, nach Sekunden des Schweigens. »Auf den Feldern dahinten, zusammen mit meinem Mann und meinem älteren Sohn«, sagte die Bäuerin unwillig und deutete mit der linken Hand in die Ferne. »Danke«, sagte Octavian hölzern, durchschritt ohne ein weiteres Wort Hof und Haus und bestieg sein Pferd.

Nach gut zwanzig Minuten erblickte er in der Ferne drei Männer. Einer führte einen Ochsen, der einen Pflug zog, die beiden anderen liefen hinterher und streuten Saatgut auf den aufgebrochenen Boden. Wenige Minuten später kam Octavian bei den Feldarbeitern an. Sie hatten bereits mit ihrer Tätigkeit aufgehört und tuschelten, bevor der Reiter nahe genug heran war, dass er sie hören konnte. Während er von seinem Ross stieg, kontrollierte er anhand der Erscheinung, welcher von ihnen Flavius am ehesten entsprach. Er stellte sich vor und beruhigte den alten Bauern, dass er ihm seinen Sohn in keiner Weise wegnehmen will. »Flavius, ich muss unter vier Augen mit dir reden«, sagte er dann, wobei er genau dem Richtigen in die Augen sah. Flavius sah seinen Vater an, der nickte widerwillig und irritiert und machte sich gleich anschließend am Zaumzeug des Ochsen zu schaffen. Octavian lief mit Flavius circa 15 Meter mit dem Wind, dann blieb er stehen und fragte: »Kannst du dich an das Mädchen aus Varna erinnern, dass dir geholfen hat, als du schwer krank warst?« »Ja sicher«, nickte dieser mit unschuldiger Miene. »Kannst du dich auch daran erinnern, was du ihr versprochen hast?« »Ja, woher wissen Sie davon?« Octavian sah ihm ins Gesicht und registrierte jeder seiner Gesten. »Hast du dein Versprechen gehalten?« »Ja sicher, woher wissen Sie denn darüber Bescheid«, erkundigte sich Flavius unverzögert und ungeduldig. »Nun in Varna wird darüber geredet, das ist nicht gut für Neria und irgendwoher müssen es die Leute ja wissen. Wenn du nichts gesagt hast, woher sollen es die Leute dann erfahren haben?« »Ich habe nichts verraten, ich schwöre es!«, erwiderte Flavius fest und trotzig. Octavian sah ihm mitten in die Augen. »Liebst du sie?« »Mehr als alles auf der Welt. Ich träume oft von ihr. Leider habe ich sie lange nicht mehr gesehen. Nach meiner Krankheit, schickte meine Mutter nur noch meinen Bruder auf den Markt. Sie sagte, ich hätte mir die Krankheit bestimmt in der Stadt geholt und da mein Bruder älter ist, ist er damit garantiert weniger anfällig als ich, meinte sie. Sie ist meine Mutter, sie muss es wissen!« »Das sollte man annehmen«, sagte Octavian. »Geht es Neria gut?«, fragte Flavius hastig. Octavians Gesicht hellte sich auf. »Ja, aber es würde ihr besser gehen, wenn das Gerede nicht wäre!« »Können Sie ihr von mir bestellen, dass es mir leidtut, dass sie wegen mir Unannehmlichkeiten hat?«, forschte Flavius aufgeregt. Octavian klopfte ihm auf die linke Schulter. »Das mache ich, Ehrenwort! Es war schön, dich kennengelernt zu haben! Jetzt will ich euch aber nicht länger aufhalten«, sagte er dann und lief mit ihm zurück zum Pflug. Octavian schwang sich auf sein Pferd und ritt gemächlich davon. »Was wollte der von dir?«, stellte ihn sein Vater zur Rede. Flavius erzählte worum es gegangen war. »Meine Güte, haben die Städter denn nichts anderes zu tun?«, zischte er und presste die Lippen aufeinander. Seine Gesichtsmuskeln zuckten in seinem verbissenem Angesicht, als er den Ochsen antrieb weiter zu arbeiten. Der Alte sah stur nach vorne auf das lange Stück Feld, das noch vor ihnen lag. Nachdem der Pflug einigen Abstand zu den beiden jungen Männern hatte, kam Flavius Bruder so nahe an Flavius heran, dass sie flüstern konnten. Er hatte bemerkt, wie still Flavius geworden war und das er sich mehrfach Tränen aus den Augen wischte. »Mach dich nicht verrückt, ich weiß wie das mit der Medizin rausgekommen ist. Du hast im Fieber geredet, hat Mutter gesagt. Sie wollte aber, dass wir dir nichts davon sagen«, flüsterte sein Bruder mit Unterbrechungen, so, dass es der alte Bauer durch das Schnauben des Zugtieres und die Geräusche des Pfluges nicht hören konnte. Flavius nahm seinen Beutel mit Saatgut von der Schulter, drückte ihn seinem Bruder in die Hand und sagte: »Leb wohl!«, ehe er in die Richtung rannte, in der Octavian verschwunden war. »He, willst du wohl hier bleiben, wir sind noch nicht fertig!«, brüllte ihm der Alte hinterher. »Was ist mit dem, wo will er hin?«, stellte der Bauer den Älteren der Brüder zur Rede. Der zuckte mit den Schultern, setzte einen ahnungslosen Blick auf und sagte kein Wort. Eine knappe Stunde später, erblickte Flavius, noch immer rennend, Octavian weit voraus. Nur mühsam konnte er soweit zu ihm aufschließen, dass es sich lohnte zu rufen. »Hallo, hallo, warten Sie bitte, ich muss Ihnen was sagen«, japste Flavio, beugte sich nach vorne und stützte seine Hände auf den Knien, um einen Moment später weiter zu laufen. Gleich nachdem Octavian ihn zum ersten mal hörte, wendete er sein Ross und ritt Flavius entgegen. Als er die Neuigkeiten überbracht und sich beruhigt hatte, sagte er: »Ich gehe nicht mehr zurück, auf keinen Fall, lieber sterbe ich!« Octavian sah ihn schmunzelnd an. »Zum Sterben ist es noch ein bisschen früh für dich! Wie alt bist du eigentlich?« »Siebzehn«, gab Flavius leise zur Antwort. Octavian sagte mit geheimnisvollem Blick: »Mir ist gerade was Passendes zu deinen 17 Lenzen eingefallen«, reichte ihm die linke Hand und zog ihn auf sein Pferd. Langsam losreitend, hielt er Flavius mit der rechten Hand eine Flasche leichten Wein aus seinem Proviant entgegen.

14

In den frühen Abendstunden kam Octavian mit dem jungen Mann zusammen auf seinem Grundstück in Varna an. Flavius sah sich schüchtern um. Nachdem die beiden abgestiegen waren, fragte er: »Gehört das alles Ihnen?« »Ja mir und meiner Frau«, entgegnete sein Gastgeber und klopfte sich ein wenig Staub von der Kleidung. Ohne Umwege führte er Flavius ins Haus und rief nach einer Dienerin. Als die Bedienstete erschien, sagte Octavian: »Unser Gast braucht ein Bad und frische Kleidung, er wird nachher mit uns essen.« Während Flavius sich reinigte, erzählte Octavian seiner Frau Antonia was sich ereignet hatte. »Was hast du mit ihm vor?«, fragte sie, nachdem er mit seinen Ausführungen geendet hatte. »Ja also, ich dachte mir, Neria ist alleine und er auch und er hat gesagt, dass er sie liebt, was ich ihm glaube. So wie es aussieht, fühlt sich Neria auch zu ihm hingezogen. Das ist schon mal eine gute Basis, finde ich.« »Ja aber glaubst du, dass sie mental für eine Beziehung geeignet ist?« Octavian schnaubte erregt. »Das fragst du, weil du sie nicht persönlich kennst und nur weißt, was die Leute über sie reden. Neria ist normaler als viele von denen, die nicht als verrückt bezeichnet werden, daran besteht für mich kein Zweifel! Du wirst sie bald kennenlernen und sehen, dass ich Recht habe.« »Schon gut, ich glaube dir ja«, sagte seine Frau liebevoll und legte ihren Kopf an seine Brust. Während des Abendessens fragten Antonia und ihr Mann, Flavius über sein bisheriges Leben aus und erzählten über ihr eigenes. Sie erfuhren, dass Flavius bisher noch keine Frau gehabt hatte, mit seiner Bildung war es zwar nicht weit her, aber Octavian erkannte, dass er nicht einfältig war und spürte ein gutes Fundament in seinen Anlagen.

Am Morgen darauf machte sich Octavian in Begleitung von Flavius auf den Weg zu Neria. Er hatte seinem jungen Freund ein eigenes Pferd satteln lassen. Über das Ziel des Ausrittes hatte sich Octavian nur soweit geäußert, dass es darum ging, eine Besorgung zu machen. Sie brauchten mehr als eine halbe Stunde zu Nerias Haus. »Bleib hinter mir«, sagte Octavian, als er an Nerias Tür klopfte. »Es ist leider noch nicht fertig, Ihr Hemd«, begrüßte sie Octavian ein wenig verlegen am Eingang. »Das macht nichts, können wir trotzdem reinkommen?« »Wir?«, fragte die Hausherrin zurück. »Ja ich habe noch jemanden mitgebracht und ich hoffe, dass es Ihnen recht ist«, entgegnete Octavian und trat dann zur Seite. Flavius und Neria sahen sich überrascht an. »Er ist nicht Schuld an dem Gerede über Sie, aber das kann er Ihnen selber erzählen«, warf Octavian von der Seite noch schnell ein, als er merkte, dass keiner von den jungen Leuten anfing zu sprechen. Nerias Gesicht wurde schlagartig freundlicher, ihre Augen funkelten und ihre Wangen bekamen mehr Farbe. »Ja bitte, kommen Sie herein«, sagte sie dann fröhlich, drehte sich auf dem Absatz um und wollte voraus gehen. »Oh, mir ist gerade eingefallen, dass ich noch einen anderen Termin habe, in einer Stunde bin ich wieder hier«, rief ihr Octavian hinterher. Flavius auf der Treppe am Ärmel festhaltend flüsterte er ihm zu: »Mach mir keine Schande!«, bevor er sich in die Richtung entfernte, aus der sie gekommen waren. Flavius folgte Neria langsam ins Haus. Sie führte ihn zu einem Esstisch und bot ihm Platz an. »Willst du was trinken? Alkohol habe ich nicht im Haus, aber Tee kann ich dir anbieten«, sagte sie, als er Platz genommen hatte. »Ja Tee ist mir recht«, antwortete er. Sie ließ ihn alleine. Während er auf sie wartete, betrachtete er einen großen Wandteppich gegenüber des Tisches, der über und über mit Blumen bestickt war. Unbemerkt von ihm, schlich sich Nerias Katze herein und begann sich an seinen Beinen zu reiben.

Sie ließ sich von ihm streicheln, machte einen Buckel und schnurrte dabei.

Minuten später saß Neria, Flavius am Tisch gegenüber. Einen Becher mit süßem heißem Tee vor sich, begann er die Geschichte zu erzählen, die Neria so interessierte. Sie sah dabei genau in sein Gesicht, von den Augenringen gab es keine Spur mehr und seine Haut war auch nicht mehr blass und gräulich, sondern von der Sonne gebräunt. »Daran habe ich nicht gedacht, dass Menschen mitunter im Fieber reden«, seufzte sie, als er geendet hatte. »Was hast du jetzt vor, wenn du nicht mehr zurück nach Hause willst?« Flavius sah betreten in seinen Becher. »Wenn ich das wüsste, wäre mir wohler.« In dem Augenblick machte sich Octavian an der Tür bemerkbar. Neria führte ihn ins Haus zu Flavius. »Und hat er Ihnen alles erzählt, auch das er Sie liebt?«, fragte Octavian gut gelaunt mit forscher Freundlichkeit. Flavius verschluckte sich an seinem Tee, sein Gesicht wurde rot, dann bleich, dann wieder rot. Neria strahlte und versuchte ihr breiter werdendes Lächeln zu unterdrücken, dabei hafteten ihre Augen auf Flavius, der sich wünschte, unsichtbar zu sein. »Die Geschichte mit der Medizin hat er mir vorgetragen ..., weiter ... sind wir nicht gekommen«, antwortete sie dann an Octavian gewandt. »Aha, verstehe!«, sagte Octavian mit wohlwollender Miene und fuhr fort: »Na gut, da ich jetzt meinen Teil der Abmachung erfüllt habe, möchte ich Sie um eine Medizin bitten. Selbstverständlich garantiere ich Ihnen meine totale Verschwiegenheit. Und was das eventuelle Reden im Schlaf anbelangt, kann ich Sie beruhigen. Die einzige Person, von der ich mich pflegen lassen würde, ist meine Frau und zu ihr habe ich ein sehr viel besseres Verhältnis, als Flavius zu seiner Mutter.« Nachdem er Neria sein Leiden geschildert hatte, bat sie ihn zwei Tage Geduld zu haben, bis sie mit dem Medikament fertig ist. Auf dem Rückweg zu Octavians Anwesen, sagte Flavius: »Neria hat mich gefragt, was ich jetzt tun werde und da fiel mir auf, dass ich mir darüber noch gar keine Gedanken machte, als ich weglief. Haben Sie eine Beschäftigung für mich?« »Nicht direkt in meinem Haus, Bedienstete habe ich genug und ich glaube auch nicht, dass so etwas nach deinem Geschmack wäre. Zwar kenne ich eine Menge Leute, bei denen du unterkommen könntest, aber fürs Erste, denke ich, solltest du Neria ein wenig im Haus helfen, da gibt es einiges zu tun und sie ist eine schwache Frau. Wohnen kannst du solange bei mir, bis sich was Besseres ergibt. Den Weg zu ihr findest du in Zukunft ja auch alleine, nehme ich an.« Flavius nickte begeistert. »Aber ich möchte Ihnen nicht zur Last fallen.« »Du fällst mir nicht zur Last und bist mir auch nichts schuldig, vergiss das ganz schnell wieder«, beruhigte ihn Octavian, dabei dachte er an seine verlorenen Söhne und daran, was aus seinem Besitz werden sollte, wenn er und seine Frau nicht mehr unter den Lebenden weilen würden. Irgendwelche Aasgeier, deren Namen ihm völlig unbekannt waren, würden ihn sich unter den Nagel reißen. Warum sollte er da nicht eine unbedeutende Kleinigkeit in einen jungen Mann investieren, der nett war und den er mochte.

Neria war mehr als zufrieden, dass Flavius dringende Arbeiten in ihrem Haus erledigte, da sie Fremden gegenüber immer sehr vorsichtig war. Im Gegenzug verpflegte sie ihn mit reichlich gutem Essen. Sie hielt ihr Versprechen und gab Flavius am Nachmittag des vereinbarten Tages die Medizin für Octavian in die Hände. Eine kleine Flasche mit einer dunkelbraunen Flüssigkeit. »Wird ihn das wieder Gesund machen?«, fragte Flavius. »Ich hoffe es! Sein Leiden scheint aber sehr kompliziert zu sein. Wenn ihm das nicht hilft«, dabei deutete sie auf das Gefäß, dass Flavius in seinen Händen hielt, »gibt es noch eine andere Möglichkeit, dann müsste er allerdings Einschränkungen bezüglich seiner Ernährung in Kauf nehmen, deshalb wäre es besser, wenn das Mittel wirkt, welches du jetzt hast.« »Aha, verstehe, dann werde ich ihm seine Medizin am besten gleich bringen«, erwiderte Flavius, bevor er sich unverzüglich auf den Weg zu Octavian begab.

Die Tage vergingen, Flavius arbeitete weiter bei Neria. Oft hörte er sie singen und summen, wenn er an ihrem Arbeitszimmer vorbei lief. Nachdem er eine gute Woche bei ihr beschäftigt war, vertraute ihm die junge Schneiderin vorbehaltlos. Sie spürte seine Schüchternheit und bemerkte an seinen mitunter verstohlenen Blicken, dass sie ihn nicht kalt ließ. Da Flavius noch immer zu befangen war, um ihr näher zu kommen, versuchte Neria nach zu helfen. Die inzwischen sehr hohen Temperaturen an den Tagen, kamen ihr dabei entgegen. Sie trug sehr dünne kurze Kleider, die viel von ihrer makellosen Haut zur Schau stellten, und lief meistens Barfuß im Haus herum. Eines Abends, als Flavius fast mit seiner Arbeit fertig war, hörte er Neria rufen. Er reinigte sich die Hände und ging zu ihr. Flavius fand sie auf ihrem Bett liegend. In einem weißen fast durchsichtigen ärmellosen Leinenkleid, mit der Länge eines Minirocks und einem V-Förmigen Ausschnitt, der sich bis über den Bauchnabel erstreckte, erwartete sie ihn. »Ist was passiert?«, erkundigte er sich, wobei er seine Blicke nicht von ihr lassen konnte. »Ja, ich glaube ich habe mir den linken Knöchel vertreten. Kannst du mir ein wenig Kräutersalbe darauf verteilen, damit es schnell wieder besser wird?«, hauchte sie. »Wo ist die Salbe?« »Hier, sie ist schon hier«, erwiderte Neria und hielt ein kleines Döschen mit der rechten Hand hoch, welches sie zuvor aus den Kissen gefischt hatte. Flavius nahm den kleinen Behälter und schnupperte daran. Er konnte kaum einen Geruch wahrnehmen. Gleich darauf machte er sich ans Werk. »Ja, ja, so ist es gut«, spornte Neria ihn leise stöhnend an. Nachdem er die Creme sorgfältig verteilt hatte, sagte sie: »Komm leg dich ein bisschen zu mir.« Dabei klopfte sie mit der linken Hand sanft auf den freien Platz im Bett neben sich. Freudig kam er ihrem Wunsch nach. Neria schmiegte sich behutsam an ihn an und begann Flavius zu streicheln.

Am späten Abend, verließ Flavius, mit bisher unbekannten Gefühlen, seine Schneiderin. Am liebsten wäre er die ganze Nacht bei ihr geblieben, wollte aber nicht, dass Octavian sich Sorgen über seinen Verbleib macht, weshalb er sich entschied, zu seinem Gönner zurück zu kehren. Nach dem Abendmahl, bei einem Becher Wein, erkundigte sich Flavius bei seinen Gastgebern ob es ihnen recht wäre, wenn er in Zukunft bei Neria wohnen würde. Antonia und ihr Mann sahen sich vielsagend und freudig an, bevor Octavian antwortete: »Ja aber sicher, du bist jetzt im richtigen Alter, um deine eigenen Wege zu gehen. Daran wollen wir dich bestimmt nicht hindern!« Flavius strahlte erleichtert, dass es die beiden so ungezwungen sahen, dass er sie verlassen würde. Als Flavius sein Trinkgefäß zügig geleert hatte, schielte er unruhig zur Tür. Octavian bemerkte es und sagte: »Es ist schon reichlich spät, um gleich zurück zu Neria zu gehen. Sie schläft bestimmt schon und du musst ja erst noch deine Sachen zusammenpacken. Das machst du am besten morgen früh, nachdem du ausgeschlafen hast.« Antonia lud Flavius unter Zustimmung ihres Mannes ein, den Abend bei einer guten Flasche Wein gemeinsam im Freien zu genießen. Sternenklarer Himmel, gepaart mit milder warmer Luft und das Zirpen zahlloser Grillen umgaben die drei, als sie im Freien an einem von Kerzen erleuchteten rustikalen Tisch Platz nahmen. Octavian und Antonia erzählten aus ihrer Jugend und ihrem Leben, sodass die Stunden für Flavius, der aufmerksam zuhörte, unmerklich schnell vergingen.

In den späten Morgenstunden des nächsten Tages, sahen Octavian und seine Frau, Flavius nach, als er ihr Anwesen auf einem Pferd verließ, dass ein Geschenk seiner Gastgeber war. Vor seinem Sattel lag ein großer Sack mit zahlreichen Kleidungsstücken, welche Antonia noch von ihren Söhnen im Haus hatte. Vor seinem Abschied versprach Flavius, mit Octavian in Kontakt zu bleiben. Flavius legte, die ihm mittlerweile vertraute Strecke zu Neria, noch schneller zurück als sonst. Bei der jungen Schneiderin brach Begeisterung aus, als ihr Flavius erklärte wozu er den Sack in ihr Haus trug.

Zwei Wochen später stattete Octavian dem jungen Liebespaar einen Besuch ab, um zu sehen, wie es den beiden geht. Er brachte aber auch eine schlechte Nachricht mit. Nerias Medizin entfaltete nicht die erhoffte Wirkung. Da ihn Flavius davon in Kenntnis gesetzt hatte, dass es noch ein alternatives Mittel gibt, erkundigte er sich danach. »Tut mir Leid, dass es nicht gewirkt hat«, zeigte sich Neria enttäuscht. »Schon gut, ich weiß ja das es nicht am guten Willen lag, davon abgesehen habe ich schon so einiges geschluckt, was mir Leute verordnet haben, die gemeinhin als angesehene Ärzte bezeichnet werden und das hat auch nicht geholfen. Da ich kein junger Mann mehr bin, rechne ich damit, dass es möglicherweise eben mein Schicksal ist, nicht uralt zu werden«, beschwichtigte sie Octavian. Flavius schluckte und Neria hatte Tränen in den Augen. »Ja es gibt noch ein Mittel«, sagte sie. »Ich habe es auch schon vorbereitet. Es sind mehrere Substanzen, die Sie in genauer Reihenfolge mischen müssen. Das Problem daran ist, dass Sie, wenn Sie es komplett eingenommen haben, keinerlei Appetit mehr verspüren werden, für sehr lange Zeit, vielleicht für immer. Abmagern werden Sie deshalb nicht. Das Mittel bewirkt, dass Ihr Körper in Zukunft, abgesehen vom Trinken ohne Nahrung auskommt. Es könnte wirken, weil die Möglichkeit besteht, dass sich eine Entzündung in Ihrem Körper ausbreitet. Wenn Sie nichts mehr essen, entziehen Sie damit der Entzündung die Existenzgrundlage. Sie müssen aber sehr genau darüber nachdenken, ob Sie diesen Schritt gehen wollen, denn rückgängig machen kann ich diesen Vorgang nicht. Das Mittel wurde bisher zweimal eingenommen. Die Leute sind ihre Beschwerden, die sie so beschrieben, wie Sie die Ihren, losgeworden. Allerdings schlug ihnen der Umstand, keinerlei Verlangen mehr auf Nahrung zu haben, später aufs Gemüt. Deshalb will der Schritt genau überlegt sein.« »Was heißt aufs Gemüt geschlagen, sind die Leute verrückt geworden?«, hakte Octavian nach. »Nein, nein, dass nicht, die Leute waren nur öfter melancholisch, ohne es dauerhaft zu werden«, erklärte Neria. Octavian räusperte sich und rieb sich mit dem rechten Handrücken den Kragen. »Ja gut ich werde das Mittel auf jeden Fall mitnehmen, aber Ihren Rat befolgen und es mir gründlich durch den Kopf gehen lassen, bevor ich es eventuell anwende.« Neria nickte und verließ das Zimmer, um das Heilmittel zu holen. Sie kehrte mit neun silberfarbenen zylindrischen Gefäßen, die als Matrix in Vertiefungen auf einem dünnen Brett angeordnet waren, zurück. Unter ihrem linken Arm klemmten Schriftstücke. Nachdem sie alles auf dem Tisch abgelegt hatte, begann Octavian die Gegenstände eingehender zu betrachten. Dann las er die Schriften. »Was soll Fisch, Fleisch und Pflanzen bedeuten?«, fragte Octavian, Neria mit neugierigem Blick. »Das ist praktisch der Ersatz für die richtigen Nahrungsmittel. Wenn Sie die Substanzen einnehmen, produziert Ihr Körper dann, nur aus dem was Sie trinken, sättigende Ersatzstoffe, gleichzeitig verlieren Sie den Appetit auf all diese Lebensmittel und auch den Geschmack daran.« »Wie kann ich leben, wenn ich nur noch trinke?«, fragte Octavian skeptisch. »Nun die Pflanzen können es ja auch. Und Sie ernähren sich dann so ähnlich, wie, viele dieser Lebewesen, von Licht, Luft und Wasser«, erklärte ihm Neria ruhig und mit sicherem Blick.

Am Abend, als Octavian mit seiner Frau zu Tisch saß, aß er so bewusst wie schon lange nicht mehr. Er ließ sich Zeit, jedes Detail, soweit es ihm möglich war, aus den Speisen herauszuschmecken. Dabei erklärte er seiner Frau Antonia, wie seine einzige Alternative aussah. »Das kann man sich nur schwer vorstellen, so zu leben, für immer auf all die Gaumengenüsse zu verzichten. Du weißt ich liebe dich und will dich nicht verlieren, aber du musst nicht leiden, damit ich mich besser fühle, was wäre das sonst für eine Liebe?«, vertrat Antonia ihre Meinung mit traurigem Blick. Octavian rief seine Frau zu sich und ließ sie quer auf seinem Schoß sitzend, Platz nehmen. Er legte die Arme und sie. »Das du so eine Meinung hast, lässt mich erkennen, dass du mich wirklich liebst. Noch ist meine Entscheidung nicht gefallen. Ich war, bevor ich nach Hause gekommen bin, wieder bei den zwei Felsbrocken, du weißt schon, dem einen von meinen Lieblingsplätzen. Das erste Mal in meinem Leben habe ich Grashalme und Blätter bewusst gestreichelt und mich gefragt, ob das Grünzeug meine Berührungen wahrnehmen kann. Eine Antwort darauf weiß wohl niemand, der bei der Wahrheit bleibt. Auch wenn ich Nerias Medizin nehme, werde ich es vermutlich nie erfahren, denn ich bleibe ja ein Mensch. Schmerzlich ist mir allerdings bewusst geworden, dass ich mich zu wenig für all die Wunder, die uns umgeben, interessiert habe. Ich habe mein Leben damit verbracht, dem Reichtum zu frönen, dem Reichtum, den ich doch nicht für immer behalten kann. In gewissem Umfang, ist es für mich auch jetzt noch die richtige Entscheidung, das finanzielle nicht aus den Augen verloren zu haben, aber es ist nun mal nicht alles im Leben, finde ich aus heutiger Sicht.«

In den folgenden Tagen wägte Octavian, das Für und Wider von Nerias Substanzen bei ausgedehnten Ausflügen durch die Natur ab. Er kam letztlich zu dem Schluss, das Heilmittel, welches sein Lebensgefühl für immer ändern würde, nicht einzunehmen. Auch kamen ihm Bedenken, was es für Auswirkungen mit sich brächte, wenn das Mittel in großem Umfang zur Anwendung käme. 'Sicher, der Hunger wäre für ewig besiegt. Was aber würde dann aus der Menschheit werden? Die Bauern wären zum großen Teil ihre Arbeit los, die sie allerdings nicht mehr zum Leben nötig hätten. Die Länder bevölkert von satten, dafür aber unglücklichen und antriebslosen Menschen. Hätten das die Götter so gewollt, könnten alle Lebewesen von vornherein auf feste Nahrung verzichten', überlegte Octavian. Da er sich der Gefahren dieser Substanz immer bewusster wurde, beschloss er Neria darauf hin zu weisen und ihr ans Herz zu legen, das Rezept dafür, wie einen Schatz zu hüten. Obwohl Octavian selbst entschied, das Mittel nicht einzunehmen, wollte er sich die Option jedoch weiterhin offen halten. Nur für den Fall, dass ihm mit Opium alleine nicht mehr genügend Zeit bliebe, wichtige Angelegenheiten vor seiner großen Reise zu regeln. Auch kam es ihm in den Sinn, dass man eines Tages in der Lage sein könnte, den Wirkstoff weiter zu entwickeln, sodass seine Wirkung garantiert zeitlich begrenzt sein würde. Um den gänzlichen Verlust des Mittels zu verhindern, beschloss er die Substanzen an einem geheimen Ort zu vergraben. Bei seiner Entscheidung dachte er auch daran, dass es ihn plötzlich erwischen könnte, und keine Zeit mehr bliebe, die Spuren zu verwischen. Dann wären Beweise in seinem Haus, welche seine Frau kompromittieren könnten, was er auf jeden Fall verhindern wollte. Aus diesem Grund ließ er, eine große stabile Eichenholzkiste, als Behälter für das Heilmittel mitsamt der Anleitung zum Gebrauch, anfertigen, die er an einem seiner Lieblingsplätze, den zwei Felsen, in die Erde versenkte. Um Neugierige fern zu halten, Pflanzte er, nachdem er die Erde über der Kiste so gut wie möglich begradigt hatte, eine Eibe.

Freitagabend, 22:00 Uhr, erste Dezemberwoche 2009. Mihai lag auf dem Sofa in seiner Wohnung. Im Hintergrund lief das Radio. Seit er von der griechischen Übersetzerin zurückgekehrt war, hatte er im Internet alle greifbaren Anhaltspunkte nachgeprüft, von denen er hoffte, dass sie ihm Aufschluss über seinen Fund und die dazu gehörigen Unterlagen liefern könnten. Der Erfolg jedoch blieb aus. Es lag für ihn schon durchaus auf der Hand, dass die Substanzen aus den Gefäßen, in der beschriebenen Reihenfolge gemischt werden sollen. Was das Ergebnis aber sein würde, darüber war er sich nicht im Klaren. Da der Inhalt der Behälter circa 1500 Jahre in der Kiste überdauert hatte, schreckte er davor zurück, einen Selbstversuch damit zu machen. Letzten Endes hatte er nicht vor, sein Leben zu beenden, dazu hätte er nicht erst ein Loch graben müssen. So beschloss er, am nächsten Tag an den anderen markierten Stellen weiter zu suchen, auch wenn seine Motivation inzwischen leicht angeschlagen war. Ein wenig Hoffnung keimte immer noch in ihm, dabei wirklich Brauchbares zutage zu fördern.

Samstagmorgen, 09:12 Uhr, erste Dezemberwoche 2009. »Wo ist er jetzt?«, fragte Sandra ihren Freund. »Sein Auto steht wieder vor dem Salon. Ich denke die Fotos, die ich bisher von ihm gemacht habe, reichen uns als Beweise bereits aus. Dazu kommt, dass wir seine Adresse kennen. Ich meine so langsam können wir es riskieren, ihm eine Nachricht zukommen zu lassen, dass wir über ihn Bescheid wissen. Anhand seiner Reaktion darauf entscheiden wir, wie wir weiter vorgehen. Zuerst allerdings, sollten wir noch versuchen, ein paar von den GPRS-Abhörgeräten in seiner Wohnung unter zu bringen. So wie besprochen, denke ich dabei an deine Rolle als Vertreterin für den Tiefkühllieferservice«, antwortete Basti. Sandra näherte sich ihrem Partner und nahm in einem Sessel ihm gegenüber Platz. Dann sagte sie: »Ich habe vor dem Spiegel schon so einiges ausprobiert. So richtig passend fand ich zum Schluss hingegen keine meiner Varianten. Das Risiko, dass er mich wiedererkennt, wenn ich ihm in seiner Wohnung sehr nahe bin, ist für meine Begriffe einfach zu hoch.« »Hm, na wenn du Angst hast, ist das keine gute Grundlage. Da brauchen wir eine andere Lösung. Wir verwerfen die Idee mit dem Lieferservice und lassen ihm eben so eine Botschaft zukommen«, meinte Sebastian.

10:48 Uhr. Langsam und mit niedriger Motordrehzahl, näherte sich Basti mit dem gemieteten Opel Corsa, Sandras ehemaligem Haus. Mihais dunkelblauer Dacia stand verlassen vor der Tür. Es herrschten Temperaturen von knapp sechs Grad Plus und der Himmel zeigte sich eher blau als grau. Während der Anfahrt konnten sie sehen, dass Mihai an einer anderen Stelle zu graben begonnen hatte. Als sie sicher waren, dass er den Opel, durch das Gebäude, selbst nicht mehr sehen konnte, hielten die beiden sachte an. Sebastian stieg behände aus dem Fahrzeug und begab sich rasch zu Mihais Auto, wobei Sandra das Haus im Auge behielt. Zuerst tauschte er die Batterie des Peilsenders aus, dann klemmte er einen Umschlag unter den Scheibenwischer auf der Fahrerseite. Minuten später setzte sich der Corsa, diesmal unter Sandras Führung wieder in Bewegung.

15

14:18 Uhr. Mihai war gut vorangekommen und entschloss sich, zum Essen in eine günstige Kneipe zu fahren, allerdings in größerer Entfernung zum Salon, da er unbequemen Fragen aus dem Weg gehen wollte. Er saß bereits hinter dem Steuer, als er den Umschlag erkannte. Hastig bemächtigte er sich des Kuverts, wobei er sich beim Aus- und Einsteigen nach allen Seiten umsah. Auf der schnurgeraden Straße, welche ungefähr 250 Meter nach hinten bis zur nächsten Kreuzung und 400 Meter nach vorne bis zur nächsten Biegung reichte, war jedoch niemand zu sehen. 'Die Behörden vermutlich', dachte er, den Umschlag aufreisend. Seine Augen begannen aus den Höhlen zu treten und sein Magen rumorte hörbar, als er zu lesen begann. "Hallo Gauner, wir wissen wie du an das Haus gekommen bist! Wir melden uns wieder!" Von Panik ergriffen startete er den Dacia und brauste davon, geradewegs in Richtung der Wohnung seines Bruders. Sandra und Basti folgten seinem Signal in großem Abstand. Auf halbem Weg nahm Mihai den Fuß vom Gas, verlangsamte seine Fahrt und hielt schließlich vor einer Kneipe an. Ihm war eingefallen, dass es ja Samstag war und sein Bruder Tiberius im Normalfall zu Hause. Wenn das ein Scherz von seinem Bruder sein sollte, würde er ihm durch seine Aufregung damit genau das geben, was er bezweckte und diesen Triumph wollte er ihm nicht so einfach gönnen. Also entschloss er sich in Ruhe zu speisen und dabei durch einen Anruf herauszubekommen, ob Tiberius dahinter steckt.

»Da ist er!«, rief Basti, als er das Fahrzeug von Mihai vor einem Restaurant sah und fuhr, während er mit den Augen eine Parklücke suchte, fort: »Du musst zu ihm rein!« Sandra nickte, zum Zeitpunkt war sie als alte Frau verkleidet. Eine alte Frau, die mit ihrem Sohn unterwegs war und noch saß sie am Steuer. Nachdem Sandra den Opel eingeparkt hatte, legte sie ein Kopftuch an, unter dem nur ein paar graue Strähnen ihrer Perücke hervorlugten und versteckte sich hinter einer enormen Sonnenbrille. Ihre sonst so anziehende Figur verbarg sie unter einer weiten hellgrauen Baumwollhose, Rollkragenpullover und dunkelbrauner Winterjacke. Um sich durch die jugendliche Haut an den Händen nicht zu verraten, trug sie Gichthandschuhe.

Im Schummerlicht der Gaststätte, sichtete Sandra den Gesuchten in einer Ecke neben einem Fenster. Außer Mihai, waren ihm diagonal gegenüber, knapp zehn Meter entfernt, noch drei Männer mittleren Alters anwesend. Offensichtlich eine feuchtfröhliche Stammtischrunde, was der Intensität der Unterhaltung und der opulenten Gestik der Dreiergruppe zu entnehmen war. Sandra setzte sich mit dem Rücken zu Mihai, der zu diesem Zeitpunkt, nach einem flüchtigen Blick auf die vermeintlich alte Frau, die Speisekarte studierte. Ein großes Sodawasser stand bereits vor ihm. Während der Kellner Sandras Bestellung, eine Soljanka, entgegen nahm, winkte ihn Mihai zu sich. Gleich nachdem Mihai ein Rindersteak in Auftrag gegeben hatte, zückte er sein Handy. Sandra hatte noch vor Betreten der Gaststätte ein digitales Diktiergerät eingeschaltet, das jetzt in ihrer Handtasche, die sie in die Fensterbank unweit der Zielperson positioniert hatte, Mihais Gespräche dokumentierten. Mihai hatte das Handy am Ohr und wartete.

»Silvana?«, vergewisserte er sich seiner Gesprächspartnerin.

»Ja, was willst du denn?«, fragte die Partnerin von Tiberius.

»Also ich wollte eigentlich mit meinem Bruder sprechen. Ist er in der Nähe?«

»Mehr oder weniger, er schraubt schon den ganzen Tag am Auto.«

»Er schraubt am Auto? Wart ihr denn nicht einkaufen, wie sonst immer am Samstag?«

»Das wollten wir ja, aber die elende Kiste ist nicht angesprungen. Zuerst dachte ich es dauert nur ein paar Minuten, als Tiberius die Motorhaube geöffnet hat, wäre ja nicht das erste Mal, aber dann fing er an, immer mehr auseinander zu legen. Da bin ich zurück in die Wohnung und habe mir die Zeit mit Putzen vertrieben.«

»Ach du Scheiße«, jammerte Mihai, dachte aber dabei daran, dass sein Bruder den Brief nicht unter den Scheibenwischer geklemmt haben konnte und nicht an dessen kaputtes Gefährt.

»Ja das kannst du laut sagen! Wo steckst du überhaupt?«

»Ich bin …, ich esse gerade was.«

»Aha, na wenn du fertig gegessen hast, kannst du dann herkommen und Kartoffeln, Brot, Butter und 400 Gramm gemischten Aufschnitt mitbringen? Dann könntest du gleich selbst mit ihm reden und ihm eventuell auch helfen, es wird ja bald dunkel.«

»Ja okay, ich besorge die Lebensmittel, ist kein Problem. In ungefähr einer Stunde werde ich da sein. Bis später«, verabschiedete sich Mihai.

Sandra ließ sich mit ihrem Essen Zeit und bestellte noch einen Kaffe, in der Hoffnung das Mihai weitere Telefonate führen würde, was er aber nicht tat. Nachdem Mihai gezahlt hatte und gegangen war, beglich auch Sandra ihre Rechnung.

Im Auto erzählte sie Sebastian, was sich vermutlich ereignen würde und dass es keinen Grund zur Eile gab, da Mihai zunächst einkaufen müsste. »Wow, cool«, jubelte Basti, mit etwas Glück, kann ich dann nachher mein Richtmikrofon endlich ausprobieren. »Ja und seinen Bruder bekommen wir auch zu Gesicht«, freute sich Sandra mit ihm.

Im Schutz der Dunkelheit folgten Sandra und ihr Freund dem Dacia, welchen Mihai steuerte, in geringem Abstand. Gegen 18:30 Uhr erreichte der Schatzsucher seinen Bruder. Tiberius stand nach vorne gebeugt, im Licht einer Straßenlampe, vor der geöffneten Motorhaube seines altersschwachen Renault R19. Die Unterarme von Tiberius und auch Stellen in seinem Gesicht waren ölverschmiert, als er seine Arbeit unterbrach, um sich seinem Bruder zu zuwenden. Tiberius lächelte müde, nachdem ihm Mihai von dem Umschlag erzählt hatte, dann sagte er: »Mir war doch gleich klar, dass dabei früher oder später irgendwas schief läuft. Das Einzige was du jetzt machen kannst, ist abwarten, um zu erfahren was die von dir wollen. Zu den Bullen brauchst du jedenfalls nicht zu gehen, die würden dich gleich einlochen, aber das weißt du ja sicher selbst.« Mihai nickte betreten, dann sagte er: »Ich habe ein paar Lebensmittel dabei, die Silvana haben wollte, ich bringe sie ihr rauf.« »Okay, ich komme auch gleich, aber vorher muss ich noch ein wenig aufräumen«, entgegnete Tiberius und machte sich gleich anschließend wieder am Auto zu schaffen.

Die Verfolger hatten ihren Wagen nur knappe zwanzig Meter entfernt, an einer unbeleuchteten Stelle positioniert. Das Seitenfenster der Beifahrerseite war einen Spaltbreit herunter gelassen, sodass Basti sein Richtmikrofon hindurch schieben konnte. Das Mikrofon ermöglichte Aufzeichnungen im MP3-Format. In seiner rechten Hand hielt er einen Camcorder mit optischem 60 x Zoom, auf die beiden Männer am defekten Auto gerichtet. Nachdem Mihai im Haus verschwunden war, hörten sich die beiden den Mitschnitt im Auto an. »Das ist ja heftig, allem Anschein nach hat Mihai die Sache mit dir alleine durchgezogen. Da brauchen wir uns bezüglich möglicher Komplizen keine Gedanken mehr zu machen«, sagte Sebastian zu seiner Freundin, die neben ihm hinter dem Lenkrad saß. »Ja, … ja du hast Recht, jetzt können wir ihn uns in aller Ruhe vornehmen«, erwiderte Sandra mit boshaftem Grinsen. Basti schluckte, so einen gemeinen Gesichtsausdruck, hatte er bei seiner neuen Liebe noch nie zuvor gesehen. »Was hast du vor?«, fragte er. »Na ja, ich denke, wir fahren erst einmal zurück nach Hause, schließlich können wir einen Teilerfolg feiern und dabei in aller Ruhe die nächsten Schritte planen.« Während ihrer letzten Worte hatte sie bereits den Motor gestartet.

Wieder in ihrem Bungalow, aßen Sandra und ihr Freund eine Kleinigkeit, dann köpften sie eine Flasche Sekt. Vor dem Fernseher im Wohnzimmer sitzend, prosteten sich die beiden zu, dann sagte Sandra: »Also das Haus zurück zu bekommen reicht mir glaube ich nicht, als Entschädigung. Ich finde wir sollten ihn mit seinen eigenen Waffen schlagen!« »Wie meinst du das, willst du ihn in den Keller sperren?« Sandra kicherte. »Nein, in den Keller will ich ihn nicht sperren, was hätte ich davon. Mir würde es eher gefallen, wenn er eine Zeit lang für mich arbeitet, mit minimalem Lohn, versteht sich.« »Wie willst du ihn dazu bringen?«, forschte Basti. »Ich bin mir noch nicht absolut im Klaren darüber, aber ich denke, wir könnten vielleicht Liljana dazu einspannen. Zuerst will ich aber mein Haus zurück und das Papier, welches ich ihm unterschrieben habe.« »Ich schätze da bleibt nur eine etwas härtere Tour, um ihn dazu zu bringen«, meinte Sebastian. »Ja das schätze ich auch, aber wir sind hier in Bulgarien, da ist es kein Problem, sich eine Waffe zu besorgen und da wir immer wissen wo er ist, werden wir ihm einfach auflauern. Mitten in der Stadt wäre es schon blöd, eine Knarre auf ihn zu richten. Da könnten die Anderen ja zum Schluss denken, dass wir die Bösen sind und er der Gute«, sagte Sandra.

Montagmorgen, 8:12 Uhr, zweite Dezemberwoche 2009. Entgegen dem Anraten seines Bruders hatte sich auch Mihai übers Wochenende eine Pistole besorgt. 'Sollen sie nur kommen', dachte er grimmig, während er zu dem Grundstück fuhr, um weiter zu graben. Das Wetter war für Dezember ungewöhnlich schön, strahlend blauer Himmel, weit und breit auch nicht das kleinste Wölkchen in Sicht.

10:30 Uhr. Am Sonntag fanden Sebastian und Sandra heraus, dass Liljana in einem Café in der Innenstadt einen Job als Kellnerin angenommen hatte. Da es aber einer ihrer freien Tage war, besuchten sie Sandras ehemalige Mitarbeiterin Tags darauf. Nach einer herzlichen Begrüßung, nahmen Sandra und ihr Freund im Café Platz. Eine knappe halbe Stunde mussten sie warten, bevor Liljana Zeit hatte und sich mit an den Tisch setzte. In wenigen Worten schilderte ihr, ihre ehemalige Chefin den Stand die Geschehnisse. »Aha, sehr interessant«, bemerkte Liljana. »Und jetzt soll ich euch helfen, nehme ich an.« »So ist es.«, meldete sich Sandra und fuhr fort: »Es ist ein junger Mann und gar nicht mal so hässlich, vom Äußerlichen her zumindest. Da ich Sicher bin, dass er auf Frauen steht, und du bestimmt sein Typ bist, lässt er sich von dir sehr wahrscheinlich in eine Falle locken. Alles was du tun musst, ist dich verführerisch an zu ziehen. Ich weiß, dass das bei der Kälte nicht einfach ist, jedoch habe ich schon eine Vorstellung. Du trägst eine dicke schwarze Strumpfhose, dazu schwarze Stiefeletten und über der Strumpfhose einen kurzen engen roten Rock. Obenrum würde eine kurze getigerte Felljacke passen, unter der du einen engen rosa Flauschpulli mit großem Ausschnitt anziehst. Was meinst du?« Liljana schmunzelte. »So würde ich mich gerne anziehen, nur leider habe ich solche Klamotten nicht!« Sandra nickte. »Das dachte ich mir, aber ich kaufe dir das passende Outfit, wenn du einverstanden bist.« »Oh ja super«, jubelte Liljana. »Aber ich habe noch bis 16:00 Uhr zu arbeiten.« Sandra überlegte, blickte sich um, der Laden war nur mäßig besetzt. Liljana bemerkte ihre Gedanken und sagte: »Zur Zeit bin ich die einzige Bedienung, deshalb kann ich nicht eher gehen.« »Verstehe, dann gib mir deine Größen und ich besorge das Zeug. Um 16:00 Uhr sind wir dann wieder hier und holen dich ab, wenn es dir recht ist.« »Ja das ist mir recht«, freute sich Liljana sichtlich, dann machte sie sich wieder an die Arbeit, einer der Gäste hatte bereits zum zweiten Mal mit der Geldbörse gewunken.

17:00 Uhr. Ein Stück entfernt vom Massagesalon parkte der gemietete Opel Corsa. Mihai machte sich im Schein eines Bauscheinwerfers im zweiten Erdloch noch immer zu schaffen. Der Umstand, dass ihm offensichtlich jemand auf den Fersen war, trieb ihn an. Zumindest wollte er die markierten Stellen nicht kampflos aufgeben, so kurz vor dem Augenblick der Wahrheit. Er war dabei, eine Fundsache freizulegen. Etwas Holz mit stark verrostetem Stahl lugte bereits aus der Erde hervor. Liljana zog sich auf dem Rücksitz um. Die schon vorherrschende Dunkelheit sollte sich bei ihrem Plan als nützlich erweisen. Die drei steigen aus, nachdem sich Liljana fast komplett angekleidet hatte, auf der Straße stehend, zog sie noch die Felljacke über und schloss den Reißverschluss der Jacke bis zum Hals. »Lass dich mal ansehen«, flüsterte Sandra und lief einmal um sie herum. Nachdem sie den Reißverschluss, der dasselbe Rot wie der Rock von Liljana selbst aufwies, so ausgerichtet hatte, dass er genau zwischen ihren Po-Backen lag, sagte sie leise: »Also du weist wie es laufen soll. Hab keine Angst wir sind in der Nähe.« Liljana nickte wortlos. Basti entfernte im Motorraum eine Sicherung, welche für die Zündung von Bedeutung war, dann versteckte er sich zusammen mit Sandra hinter einem Busch unweit des Autos. Liljana stiefelte in Richtung Zaun los, dort rief sie laut: »Hallo, Hallo.« Mihai befreite gerade einen Teil des Holzes mit der rechten Hand vom Dreck, als er Liljanas Rufe vernahm. Er rappelte sich hoch und äugte vorsichtig aus dem Loch. Im fahlen Licht des Mondes, erblickte er Liljanas zierliche, aber frauliche Silhouette. Auf dem Weg zu ihr, wischte er sich die Hände an seiner Kombi ab und prüfte rasch das Vorhandensein seiner Pistole, in einer der seitlichen Beintaschen der Arbeitskleidung. »Was ist? Was wollen Sie?«, fragte er, wobei seine Blicke lüstern über ihren Körper wanderten. »Oh, es ist mir unendlich peinlich Sie zu stören, aber ich bin mit dem Wagen liegen geblieben. Können Sie mir vielleicht helfen?« Als Mihai zögerte, legte sie nach: »Ich würde mich auch erkenntlich zeigen, wenn Sie es hinbringen«, dabei hob sie mit beiden Händen ihre Brüste an, die sich unter der Felljacke abzeichneten. Mihai schmolz dahin und beeilte sich zu sagen: »Aber ja, natürlich sehe ich was ich machen kann. Das ist eine einsame Gegend hier und noch dazu Nacht, da sollte sich eine hübsche junge Frau wie Sie, nicht unnötig alleine aufhalten.« Liljana schmunzelte. »Danke, Sie sind mein Held!« Von überschüssigen Hormonen getrieben, wie ein Blinder in der Hoffnung das Augenlicht wieder zu erlangen, schnellte Mihai ins Haus, um über die Eingangstür auf die Straße zu gelangen. Er folgte Liljana die fast 100 Meter bis zum Auto, dabei malte er sich aus, sie gleich auf der Motorhaube zu nehmen, während die Maschine im Standgas laufen würde. Nachdem sie am Wagen angekommen waren, setzte er sich hinein und versuchte zu starten. Der Anlasser leierte mehrmals, jedoch ohne das gewünschte Ergebnis. Er blickte nochmals zur Tankanzeige, dann öffnete er die Motorhaube und ging nach vorne. Mihai stützte die Motorhaube ab, Liljana stand ein wenig Abseits. »Also am Kraftstoff liegt es nicht, wenn ich nur mehr sehen könnte«, brummte er, in den Motorraum schauend. »Ich habe eine Taschenlampe im Auto, Moment ich hole sie«, engagierte sich Liljana. »Hervorragend«, würdigte Mihai den Lichtkegel im Motorraum, den die dicht neben ihm stehende junge Frau erzeugte. Während er an allen möglichen elektrischen Leitungen rumgrapschte, erspähte Liljana die Pistole in der Seitentasche, erschrak, ließ sich aber nichts anmerken. Liljana fing an, Mihai mit ihrem Körper ein paar Mal wie ungewollt, zufällig zu berühren, dabei passierte es, sie zog die Pistole aus seiner Tasche, ohne das er es mitbekam, und sprang ein paar Schritte zurück. »Leuchten Sie bitte weiter, sonst wird das nichts«, meldete sich Mihai, noch arglos. Als das Licht nicht zurückkehrte, drehte er sich langsam um, um nach der Frau zu sehen. Ich werde mal die Zündfunken kontrollieren, wollte er gerade sagen, da sah er die Pistole, die Liljana mit beiden Händen hielt, auf sich gerichtet. Fassungslos sah er sie an und griff mechanisch in die Tasche, in der er zuvor die Pistole verstaut hatte. Liljana grinste ihn an. Sandra und Basti hatten die Situation erfasst und kamen Liljana zu Hilfe. Sebastian zielte ebenfalls auf Mihai und forderte ihn auf die Hände zu heben. Der Tat, was verlangt wurde und rief: »Ich habe kein Geld, da habt ihr euch den Falschen ausgesucht!« »Das ist schlecht für dich, dass du kein Geld hast und jetzt leg dich auf den Boden, mit dem Gesicht nach unten, die Arme auf den Rücken«, sagte Sandra fest. »Und wenn ich es nicht tue?«, warf Mihai ein. »Dann werde ich dich eben erschießen«, meldete sich Liljana. »Du willst einen Mord auf offener Straße begehen?«, fragte Mihai besorgt. Liljana lachte. »Das wäre kein Mord, sondern Notwehr. Die beiden hier«, dabei deutete sie mit dem Kopf in die Richtung von Sandra und Basti, »können bezeugen, dass du mich überfallen wolltest.« Sebastian und seine Freundin nickten eifrig. Mihai gab sich zähneknirschend geschlagen und nahm die geforderte Haltung ein. Gleich im Anschluss reichte Liljana ihre Pistole Sandra. Basti förderte einen großen Plastikkabelbinder aus seiner Jackentasche und hielt ihn Liljana entgegen. Die ging zügig zu Mihai und fixierte seine Hände damit auf dem Rücken. »So jetzt kannst du wieder aufstehen«, sagte Liljana, nachdem sie sich vom Sitz der Fesselung überzeugt hatte. »Sehr schön!«, freute sich Sandra, die inzwischen mit ihrem Freund näher gekommen war, und setzte nach: »Schau am Besten gleich mal nach ob er noch irgendwelche Waffen bei sich trägt und nimm die Schlüssel an dich.« Während Liljana Mihai absuchte, sah Mihai sich die anderen beiden an, so gut es die Lichtverhältnisse ermöglichten. Ohne die Hautbräune, ohne die Haftschalen in den Augen und mit kurzen blonden Haaren anstelle langer schwarzer Locken, gab es kaum noch eine Ähnlichkeit mit dem Blumenkind. Es dauerte aber nicht lange und Mihai wusste, woher ihm Sandra bekannt vorkam, aus dem umgebauten Keller. Und der Typ, könnte von der Größe her ihr Macker sein, den er im Hotel zurück gelassen hatte. Aus jener Nacht war er ihm nicht mehr so ganz genau in Erinnerung, zumindest war er damals blond und trug keinen Bart, soweit sich Mihai erinnerte. »Okay ich hab die Schlüssel, weiter hat er nichts bei sich«, rief Liljana, zog sie Mihai aus der rechten Hosentasche und warf sie Sandra zu. »Hervorragend, dann gehen wir jetzt ins Haus«, forderte Sandra und deutete mit der Pistole dabei kurz in Richtung der Eingangstür.

»Setz dich neben den Heizkörper«, wies Sandra Mihai an, nachdem sie, sich in Liljanas ehemaligem Zimmer befanden. Nachdem er an die Wand gelehnt auf dem Boden saß, verband Liljana sein rechtes Bein durch eine Handschelle mit der Heizung. Sandra fuhr fort: »Also das ich mein Haus wieder haben will, ist dir sicher klar, aber das ist noch nicht alles. Zuerst wirst du mir sagen wo das Papier ist, welches ich unterschrieben habe und dann was du hier überhaupt suchst.« Mihai setzte einen feindseligen Blick auf und erwiderte: »Das ist ja ein starkes Stück. Ich habe diesen Schuppen für einen Haufen Geld von dir gekauft und jetzt willst du ihn mir einfach wegnehmen. Das kannst du vergessen!« An die anderen gewandt fügte er hinzu: »Glaubt ihr kein Wort sie lügt!« »Weshalb bin ich dann deiner Meinung nach nackt und alleine in einem Hotelzimmer aufgewacht?«, wollte Basti wissen. »Das musst du am besten sie fragen«, dabei deutete er mit dem Kopf auf Sandra. »Vielleicht hat sie dich betäubt, weil sie mit einem anderen Poppen wollte und hat es auch getan. Vielleicht auch nur, dass sie die Geschichte erzählen kann, dass ich sie gezwungen hätte, den Vertrag zu unterschreiben und sie kein Geld bekommen hat.« Bei seinen letzten Worten kam Mihai ein Grinsen ins Gesicht, so gut gefiel ihm seine Geschichte. »Also du kannst es dir aussuchen, noch! Wenn du nicht mit der Sprache rausrückst, werden wir in deine Wohnung fahren und dort alles auf den Kopf stellen, bis wir gefunden haben was wir suchen«, sagte Sandra ärgerlich. »Dazu müsstet ihr erst mal wissen, wo meine Wohnung überhaupt ist!«, protestierte Mihai selbstbewusst. Sebastian nannte ihm die Adresse und auch die seines Bruders. Mihai schniefte, dann presste er die Lippen aufeinander. »Na schön, der Vertrag ist in meiner Wohnung, in einem Safe mit Zahlenschloss und die Kombination verrate ich euch nicht.« Sandra seufzte. »Tja, das ist schade, dann werden wir den Safe eben hierher holen und dir solange damit auf den Kopf schlagen, bis du uns die Kombination verraten hast. Nützt auch das nichts, werfen wir dich in eines der Löcher im Garten, die du ausgehoben hast, den Safe hinterher und schaufeln die Grube zu. Wie gefällt dir das?« Mihai überlegte einen Augenblick, dann nannte er einen Zahlencode, den Sebastian sich notierte. Mit dem Code und dem Schlüssel machte sich Basti auf den Weg zu Mihais Wohnung, während die beiden Mädels ihn bewachten.

20:30 Uhr. Sebastian kehrte zum Salon zurück und händigte Sandra das gesuchte Papier aus. Erleichtert steckte sie es in die Tasche, nachdem sie es schnell überflogen hatte. »Gut das hätten wir, da du uns nicht erzählen willst, was du im Garten suchst, geben wir dir, eine Nacht Bedenkzeit«, sagte Sandra, bevor sie die Tür zu dem Zimmer abschloss, indem Mihai hockte. »Ich muss aber pinkeln«, brüllte Mihai, sodass es durch die Tür zu vernehmen war. »Meint ihr er lügt?«, fragte Sandra, an die anderen gewandt. Basti schüttelte den Kopf. »Ist schon gut möglich, dass er mal muss. Davon abgesehen, soll er, ja auch noch die ganze Nacht im Zimmer bleiben. »Also gut, dann müssen wir ihn machen lassen, in der Abstellkammer sollte noch ein alter Eimer stehen, den können wir dafür benutzen«, lenkte Sandra ein. Wenig später kam sie mit dem Behälter aus der Kammer und ging damit in Begleitung von Liljana zu ihrem Gefangenen. Nachdem Sandra den Eimer neben Mihai gestellt hatte, trat sie zurück. »Und jetzt?«, grummelte der am Boden sitzende. Sandra grinste und forderte Liljana auf: »Hilf ihm, hol sein Ding aus der Hose und lass es gleich draußen, falls er später nochmal muss!« Schmunzelnd befolgte Liljana die Anweisung, hockte sich neben Mihai und öffnete den Reißverschluss seiner Kombi. Dann ließ sie ihre rechte Hand in seine Wäsche gleiten und tastete sich vor. »Was ist, kriegst du ihn nicht raus?«, forschte Sandra ungeduldig, wobei sie Liljanas Hand verfolgte, die in Mihais Hose wühlte. »Er liegt schief und wird immer größer. Falten hat er auch kaum noch im Sack, aber ich habs gleich«, kicherte Liljana. Blut sammelte sich in Mihais Gesicht und sein Blick wurde verlegener. Sandra sah amüsiert zu. Als

Liljana ihn endlich freigelegt hatte, stand er nach oben. »Sieh mal an er mag dich«, frotzelte Sandra. »Ja sieht ganz so aus«, bestätigte Liljana lächelnd und erhob sich. Die beiden Mädels verließen das Zimmer und schlossen die Tür ab.

In der Morgendämmerung des folgenden Tages kehrten die drei zum Salon zurück. Sie fanden Mihai schlafend auf dem Boden liegen. Liljana verstaute in Mihais Hose, was sie am Abend zuvor ausgepackt hatte, wobei das Teil erneut rasant an Größe zunahm. »Also wie ist es jetzt, willst du kooperativ sein und uns aufklären, was du im Garten suchst oder nicht?«, fragte Sandra im Beisein der anderen. »Was ich im Garten suche, geht euch gar nichts an, das Haus gehört mir, ich habe es rechtmäßig erworben«, wehrte Mihai ab. »Na gut, bevor das hier unsinnigerweise ausartet, weil du so renitent bist, möchte ich dir mitteilen, dass mein Partner noch was in deinem Safe gefunden hat. Eine DVD mit einem Video und eine Handynummer in der DVD-Hülle, aus Deutschland nehme ich an. Die Nummer gehört wohl einer Carmen. Allerdings haben wir uns das Video angesehen und festgestellt, dass Carmen, als Melanie mit uns im Hotel war, bevor ich entführt wurde. Wir könnten die "gute Carmen" nun sicher ohne Probleme ausfindig machen, deshalb frage ich dich jetzt zum letzten Mal, wie und warum die ganze Aktion stattgefunden hat«, sagte Sandra mit zornigem Unterton. Auf Mihais Stirn traten Schweißperlen zutage. 'So ein Elend, die DVD hatte ich ganz vergessen, warum habe ich sie nur nicht gleich vernichtet. Bloß wegen der Aussicht, die Carmen nochmal für mich einzuspannen, sitze ich jetzt bis zum Hals in der Scheiße', dachte Mihai. Einen Moment suchte er noch nach einem Ausweg, dann erzählte er die ganze Geschichte nach und nach. »Warum hast du es nicht einfach mit ehrlicher Arbeit probiert, anstatt mit Entführung und Erpressung?«, erkundigte sich Sandra. »Ihr habt gut Reden, ehrliche Arbeit. Bis jetzt habe ich mich mit Gelegenheitsjobs und Saisonarbeit über Wasser gehalten, aber dabei geht es einfach nicht vorwärts, im finanziellen Sinn. Man tritt nur auf der Stelle und dann hat sich diese Aussicht ergeben, da konnte ich einfach nicht widerstehen. Verstehst du das nicht?« »Das du aus dem Dreck raus wolltest, verstehe ich schon, aber für den Weg, den du dazu gewählt hast, habe ich kein Verständnis«, sagte Sandra vorwurfsvoll. Mihai schaute betreten. »Es tut mir Leid, dass ich diesen Mist gemacht habe. Wie kann ich es wieder gut machen?« »Na ja, den Schrecken, den du uns eingejagt hast, kannst du kaum wieder gut machen. Da sind aber außerdem noch finanzielle Aufwendungen, die uns durch deine Aktion entstanden sind und entstehen werden, die musst du schon begleichen, zuzüglich Schmerzensgeld für die psychische Belastung, die wir durch dich erfahren haben«, sagte Sandra. »Ja okay, aber ohne festen Job geht das nun mal nicht. Mit dem was ich verdiene, abzüglich dessen, was ich zum Leben brauche, würde ich ja ewig vor mich hinwursteln, um dass ab zu bezahlen«, entgegnete Mihai. »Das ist nachvollziehbar, aber ich werde mir was einfallen lassen, damit es schneller geht. Wir werden dich nochmal für ein paar Stunden verlassen. Ich muss ein bisschen rumtelefonieren«, erwiderte Sandra. Damit verließen die drei Mihai.

Gegen Mittag kehrten sie, zu ihrem noch immer Gefangenen, zurück. Liljana war nicht dabei, da sie wieder arbeiten musste. Sandra informierte Mihai darüber, dass sie das Gespräch am Morgen mit einer versteckten Kamera aufgezeichnet hatten. Kopien aller Beweise, hinterlegten sie bei einem Anwalt, der für den Fall, dass ihnen etwas zustoßen würde, diese Beweise, an die Polizei weiterleiten sollte. Nachdem sie Mihai befreit hatten, unterschrieb er einen Schuldschein über eine beträchtliche Summe und versprach, sich zur Verfügung zu halten, falls Sandra eine Stelle für ihn findet. Gleich nachdem er den Salon verlassen hatte, kümmerte sich Sandra darum, dass der Massagesalon wieder im ursprünglichen Zustand hergestellt wird. Die Kosten dafür fanden sich, natürlich großzügig aufgerundet, auf Mihais Rechnung. Sicher, Sandra hätte auch zur Polizei gehen können, dann wäre der Räuber und Erpresser verknackt worden, aber auf ihren Kosten, wäre sie dadurch sitzen geblieben, da es bei Mihai ja kaum was zu holen gab. An den Stellen, die Mihai im Garten markiert hatte, gruben sie weiter, fanden jedoch nichts außer einem alten Bottich und Reste von einem alten Wagenrad. Danach ließen sie von einer Firma die Eibe entfernen und den Boden begradigen.

Auf dem Nachhauseweg hielt Mihai an einem Kiosk und füllte den inzwischen knurrenden Magen auf. Sein Käsebrötchen hatte er bereits verdrückt, vor ihm stand noch eine größere Menge Kaffee, in einem Einwegbecher. 'Na wenn schon, es hätte auch schlimmer kommen können. Wären die Typen zur Polizei gegangen, säße ich jetzt im Knast. Dann hätte ich nach meiner Entlassung das Stigma eines Knackis und nur die Wahl, selbst was auf die Beine zu stellen, was bisher immer schief gegangen ist oder irgendeinen Scheißjob an zu nehmen, den noch nicht mal ein Einwanderer machen will. Findet das Weib einen gut bezahlten Job, bin ich meine Schulden in ein paar Jahren los und kann mit einer weißen Weste neu anfangen', überlegte er, wobei er hin und wieder von seinem Heißgetränk schlürfte.

Zweite Januarwoche 2010, Montagmorgen, 09:27 Uhr. Der Massagesalon hatte geöffnet. Liljana war zu Sandra zurückgekehrt und ging ihrer ehemaligen Arbeit nach. Svetlana und Yelina lehnten Sandras Angebot, erneut im Salon zu arbeiten, dankend ab, wofür die Chefin Verständnis zeigte. Als Ersatz stellte sie Diana, eine fünfundzwanzigjährige Einheimische und Lätitia eine einundzwanzigjährige Griechin, die ihr Glück aufgrund der schlechten Wirtschaftslage in ihrer Heimat, in Varna versuchen wollte, ein. Sebastian bereitete sich auf die neue Saison als Tourguide vor und programmierte nebenher Apps für Mobilgeräte. Für Mihai fand Sandra einen Job auf einer Ölplattform in der Nordsee, wobei sie als Zeitarbeitsfirma fungierte, sodass Mihais Gehalt zuerst an sie überwiesen wurde.

Nachwort

Die Handlung dieses Romans ist frei erfunden. Jede Ähnlichkeit der Romanfiguren mit lebenden oder bereits verstorbenen Personen wäre rein zufällig und ist nicht beabsichtigt.